流 年

郑元洲 著

西安出版社

图书在版编目（CIP）数据

流年 / 郑元洲著. -- 西安 ：西安出版社，2025.
4. -- ISBN 978-7-5541-8105-8

Ⅰ. I247.5

中国国家版本馆 CIP 数据核字第 20250TM844 号

流年

LIUNIAN

著　　者：郑元洲

责任编辑：路　索

印刷统筹：尹　苗

出版发行：西安出版社

社　　址：西安市曲江新区雁南五路 1868 号
　　　　　影视演艺大厦 11 层

电　　话：（029）85264255

邮政编码：710061

印　　刷：三河市华东印刷有限公司

开　　本：880mm×1230mm　　1/32

印　　张：6.25

字　　数：135 千

版　　次：2025 年 4 月第 1 版

印　　次：2025 年 4 月第 1 次印刷

书　　号：ISBN 978-7-5541-8105-8

定　　价：78.00 元

△本书如有缺页、误装，请寄回另换

献给我所爱的文学。

献给我的家人、朋友和爱人。

献给已逝去的青春。

跟所有我认识的人说一声抱歉。

目 录

午　夜

　　白石显然已微醺，言语间带着几分醉意，但环顾四周，不难发现，每个人都被酒意温柔地拥抱。夜幕低垂，店铺遵循着既定的节奏，逐一熄灭灯火，人们的生活轨迹仿佛与这些空间紧密相连。周末的夜晚，街道成了唯一的漫游之地，或是那片宁静的海岸，成为心灵暂时的栖息地，这是某位宾客不经意间的补充。

　　白石的一位叔叔携着刚结束初中生涯的儿子，远道而来，只为体验一场异国之旅。在这个周末的夜晚，他们被白石引领至一家热闹非凡的湖南菜馆。那里，厨房的烟火与辣椒的热烈气味交织，服务员的嗓音在喧嚣中穿梭，宛如一场味觉与听觉的盛宴。一桌人围坐，浏阳河酒酒香四溢，大家或坐或立，手臂交错，杯子相碰，传递着跨越时空的情谊。

　　"叔叔，我觉得让小弟在国内完成高中学业再出国会更好。"白石脸颊绯红，故作深沉地提出见解，"国内的高中生活丰富多彩，知识体系全面，过早地离开，或许会错过许多经历。"男孩则安静地坐在一旁，手中的碳酸饮料轻轻摇曳，他始终保持着那份难能可贵的礼貌与谦逊。叔叔闻言，点头赞同，眼中闪烁着对未来的憧憬，手因室内禁烟而显得有些无处安放。

"这里的环境纯净，生态和谐。"叔叔朦胧的双眼中流露出赞美，那只未点燃的烟悬于唇边，成了他内心波动的外在表现。

"中国有十四亿多人口，那才是真正的生态繁荣。"白石举杯，酒液与言语一同倾泻而出，带着几分不羁。

"若现在就送他出国，他母亲是否也要随行陪读？他还小，才十五岁。"叔叔轻拍男孩的头顶，向众人征询意见。

"您是不是更想借此机会让阿姨也出来走走？"白石大笑，言语间带着几分戏谑，我险些被口中的啤酒呛到，好在叔叔同样沉浸在酒意之中，对这份玩笑报以宽容的笑容。

趁着叔叔离席的间隙，我轻声询问白石："这位叔叔是谁？"

"老家的远亲，我妈说小时候见过，但我全无印象。"白石倚靠在椅背上，目光望向远方。每当有亲友初至这片异国他乡，白石总能找到无数理由，似乎想要说服他们即刻踏上归途，那份热情中带着几分难以言喻的乡愁。

叔叔归来，手抚着微凸的肚腩，半露的白皙肌肤在灯光下格外显眼，他笑道："这里的白种人似乎并不多，满眼望去，尽是同胞。"

"世界之大，处处皆有中国人的足迹。"白石再次举杯，话语间多了几分诗意与感慨。

正 午

　　一觉醒来，午时的阳光已然洒落，我步入厨房，寻觅一分清爽。林胖子正立于洗碗池旁，牙刷在他口中翻涌出白色泡沫，他那近乎披肩的长发，因略显稀疏而格外抱团，几缕油腻发丝紧贴头皮。我轻轻打开冰箱门，一只蟑螂如闪电般从侧缝窜过，其速度之快，令我都来不及惊颤。两个空鸡蛋盒落寞地躺在冰箱一角，我取出它们，冰箱内部便一览无余，除了大酱、一小截大葱，还有那半个被保鲜膜紧紧包裹，如今已近乎干瘪成标本的柠檬，再无其他。当然，前提是那蟑螂确实已经隐匿。

　　我转向冰箱旁的碗架，那里堆满了杂物，一股花椒大料的味道扑鼻而来，仿佛在记录着我们这些中国学子心血来潮时的烹饪时光。五香粉、孜然粉、洗手液、洗碗液、拆封的抹布、发霉的案板、凌乱的保鲜膜、生粉、油面筋、铁丝网，以及如虫子卵般滚动的黑胡椒，还有那根不知哪位母亲来访时留下的擀面杖。终于，我在这片杂乱中翻出了几包方便面。

　　"还有其他吃的吗？"林胖子猛地吐出一大口泡沫，精准地从脏碗脏盘的缝隙中直射入水槽，与此同时，水龙头哗哗作响，水流击打在盘子上，溅起一片水花。

"你要吃吗？我去超市买点别的。"我将方便面扔在灶台上。此时，几只，或许是十几只蟑螂，在我视线之外的杂物柜角落里迅速转身，发出窸窸窣窣的声响。我坚信，人的直觉并未完全退化，尽管已远远不及这些蟑螂敏锐。

"你放那儿吧，去超市帮我带瓶可乐。"林胖子迅速洗完脸，其速度之快，堪比漱口。

暑热如焚，知了声嘶力竭地鸣叫，仿佛生命即将走到尽头。放眼望去，松树干上布满了知了蜕下的壳，据说这是药材，油炸后更是一道美味。在国内，夏日夜晚，常有大爷大妈到公园树林里去捕捉知了。而这里的人们似乎不识此宝，也无人收购，否则轻轻一脚，便能轻松收获一簸箕的知了壳。从树下走过，仿佛有极细微的雨丝拂过脸颊，我猜测，那可能是知了的口水，抑或是它们的排泄物。

去超市的路上，我半途而废，最终在家楼下那家由希腊老人经营的餐馆里买了只烧鸡作为午餐。这家餐馆是我的常去之地，离家仅一步之遥。老人总是笑容满面，脸上的皱纹深如沟壑，一条腿有些残疾，走起路来一高一低。然而，或许是宿醉未醒，加之天气炎热，又被知了的分泌物沾染，我的心情并不舒畅。出门不到二十分钟，我便回到了家。

"这么快就回来了？"林胖子光着膀子，躺在客厅的床垫上问道。

"没去超市，太热了，晚上再说吧。"

"哦。"林胖子没有抬头，继续趴在床上摆弄他那台比天气还要炙热的旧电脑。客厅比外面还要闷热，八成是这破电脑在作祟。一只大海碗里，方便面只剩下些许汤水，几只苍蝇在他头顶盘旋，仿佛在热情地打招呼。

我走进房间，关上门，打开那台在电器行促销时购得的制冷机。先是一阵异味袭来，但好在异味不久便消散了。我蘸着番茄酱品尝着烤鸡，同时观看着韩国和中国台湾的综艺节目，傻傻地笑着。我撕下一只鸡腿，幻想自己是梁山好汉，只可惜眼下无酒，也无水泊相伴。同样是暑热难耐，我应当手持芭蕉扇，而非打开这该死的制冷机。然而，幻想是我在这无数个炎热午后唯一的浪漫。千百个午后在回忆中汇聚成一天，而水泊梁山始终占据着一席之地。我想象着自己享用着一斤熟牛肉和一斤烧刀子，而不应该在这个鬼地方吃着烤鸡和薯条。突然，我想重温那部根据真人真事改编的电影《热天午后》，尽管真人和真事都显得有些愚笨，但拍成电影却充满了浪漫气息。

这时，林胖子在客厅里发出一声巨响，伴随着一句不太雅的话。

我按照节目的剩余时间分配着吃完了盘子里的烤鸡。

林胖子开始收拾垃圾。我端着要扔的一次性盘子，有些茫然。

"天呐，生蛆了！"林胖子在洗碗池旁直起身子，一根胖手指向客厅的床垫。那些蛆虫几乎要爬到他的床上了。

厨房是开放式的，与林胖子睡觉的客厅由一座一米高、约两米长的小岛台隔开，形状恰似字母 E。垃圾筐放在厨房，满了的时候谁出门就顺手倒掉垃圾，可偶尔一次无人理会，垃圾便堆积如山。后来，所有人都开始悄悄出门，假装什么都没看到。如今，这堆垃圾已发展成为一座直径和高都超过一米的"小山"，"居民"也从最初的"拆迁户"——蟑螂，发展到如今土生土长的"原住民"——大蛆。今天，一只不甘寂寞的大蛆拱出"深山"，来到客厅，与林胖子不期而遇。于是，我们听到了那声惊呼。接着，林胖子决定清理这堆垃圾。他暂停了游戏，那台旧电脑的风扇呼呼作响，仿佛不满林胖子的离去，随时准备"罢演"。我也开始帮忙收拾，那难闻的气味令人难以忍受，许多已无法辨认的物品化成了水，四处流淌。我腹中的烧鸡仿佛要翻涌而出。林胖子拍了拍主卧的房门，把安东尼喊了出来，这么恶心的活儿，自然不能让他闲着。而我这时才知道，原来安东尼一直在家，刚刚醒来。

"我以为你出去了呢。"我说道。

"没，睡觉呢。"安东尼揉着眼睛回答。

"赶紧收拾吧，太恶心了。"林胖子突然来了干劲。

"你知道我以前住的那个房子里有两个女生吗？她们每次

都从夹娃娃机里抓一大堆毛绒玩具回家，却从来不玩，灰尘多得可以养花。直到有一天，她们发现蟑螂在辛普森身上安了家，那数量之多，仿佛机器猫的口袋里全是这些棕色的小爬虫。没办法，她们只能把所有的毛绒玩具扔到门口。她们敲我的房门找我帮忙，我说我也怕虫子，于是她们只能自己动手，像捏着肺结核病人用过的毛巾一样捏着泰迪熊的耳朵，尖叫声大得把蟑螂都震下来了。"我讲述着过去的故事。

"你到底在说啥？"安东尼捏着塑料袋，睡眼惺忪地问我。

"我想说，这都不算事儿。你知道她们在扔第二波玩具的路上，眼看着一个大人领着一个孩子把其中的一只小熊给捡走了，她俩也没敢吱声，多不好呀。"我补充道。

"别废话了，赶紧收拾。"林胖子像防疫站的站长一样，没好气地指挥着我们。

足足过了一刻钟，我才终于看到了那个可怜巴巴的垃圾筐。

午　后

　　周四，下午两点十五分，距离三点的课程尚有四十五分钟。考虑到前往学校需三十分钟路程，且天气酷热难耐，又因离考试尚有时日，料想课程不过是照本宣科，我心中顿生倦怠，于是决定逃课一次。其实，即便去上课，也未必能完全领悟，此乃不争的事实，只是我总能找到诸多托词，避免直面这一现实。

　　随后，我来到楼下咖啡馆，点了一杯咖啡，却觉其味寡淡如水，难以入口。桌上的娱乐杂志随意摊开，封面上皆是光彩照人的女明星。我思绪飘飞，脑海中如走马灯般浮现身边的友人，包括自己，似乎大家在课堂上都只能捕捉到些许知识碎片。英语，于白种人而言如呼吸般自然，而对于以中文为母语的我们中国学生，却似一道难以跨越的鸿沟。然而，我们的成绩倒也并非一落千丈，考试自有应对之法。

　　近些日子，我已连续多日未去上课，正如林胖子多日未曾离开他的床垫，安东尼也多日未曾踏出他的房间一样。咖啡馆门口，一只金毛狗欢快地在情侣脚边蹭来蹭去，女孩俯身轻抚，而后又若无其事地啃着面包。

　　咖啡饮尽，我决定乘公交车进城。车上，一位白人青年坐在我对面，神情略显疲惫，光秃秃的指尖不时举至唇边，仿佛在诉说着过往的故事。他那碧绿色的眼眸始终凝视着窗外，犹如两颗璀璨的宝石。他身着黑白格棉布衬衫，搭配浅蓝色牛仔裤，浅黄色的长发虽略显凌乱，却散发着一种不羁之美。颜色稍深的胡茬为他增添了几分成熟与深邃。这位青年的形象，让我想起那些充满传奇色彩的人物，心中不禁赞叹："异国之人的风采，着实令人钦佩。"

　　抵达百老汇大街，我走进常去的摇滚唱片店，沉醉于那些来自美国和欧洲的摇滚明星们在海报、唱片封套以及鼓棒上的签名之中。店内有刻着骷髅的戒指、十字架项链、印着镰刀与玫瑰的T恤，以及满身文身与穿孔的店员。店员的头发五彩斑斓，充满个性与魅力。我精心挑选了两张CD，心满意足地离开，此刻，渴望品尝一杯美酒。

　　沿途，大学、邮局、当地人的安置楼、中餐馆、花坛以及公园里摆放的一战时期的火炮，构成了这座城市独特的风景。我提前一站下车，顺便为林胖子买了瓶可乐。随着夜色渐深，空气中弥漫着淡淡的花香，为这夏夜增添了几分宁静与美好。

　　回到家中，一片嘈杂之声传来。林胖子正挥舞着吸尘器的管子，在客厅里如疯狂的指挥家般手舞足蹈。

　　"全是蛾子！"他喊道。

"你的可乐。"我将可乐递给他。

"谢谢。"他接过可乐,一饮而尽。

我则一口气灌下了半瓶啤酒,随后从林胖子手中夺过吸尘器:"来,给我,你吸不着。"

这是一场无奈的战斗。由于天气炎热,家中没有空调,落地窗始终敞开着,却未安装纱窗。蛾子们被客厅内昏黄的灯光吸引,成群结队地飞入室内,缠绕着灯罩疯狂旋转、碰撞,而后又瞬间归于沉寂。无论是飞舞还是停歇,对付它们的最佳方式便是用吸尘器。蛾子在吸尘器黑洞般的枪口前奋力挣扎,最终"呼噜"一声被吸入其中,伴随着密不透风的灰尘,它们的生命在黑暗中终结。无人知晓它们何时会消逝。我们虽未目睹过地狱的模样,却在不经意间创造出了类似的场景。

又是一个混沌的夜晚。我已不记得喝到第几瓶时醉意袭来。躺在床上,我恍若隔世,前半生仿佛都在随波逐流。那些努力、放弃、欢乐、绝望、爱情、痛苦、谎言与泪水,此刻都显得如此微不足道,在任何能够左右我命运的力量面前都显得无关紧要。身下的这张破旧的床,每一根弹簧都仿佛在诉说着岁月的沧桑。它是单人床还是双人床,床头是铁制还是木制,床垫是软是硬,这一切早在我搬进来之前便已注定。我所能做的,只有接受,充其量只是多翻几次身,打几个滚罢了。

床头那摇曳的烛光随着夜风轻轻摆动,与夜风一同而来的,还有邻居家浓郁的丁香花香气。烛光仿佛也浸染了这香气，变得愈发迷人。墙上的奥菲利亚画像半张着嘴，仿佛陷入了沉思之中。烛光下的她，面容显得格外憔悴。而我，也同样半张着嘴，沉浸在酒精的麻醉中，脸上写满了茫然与沉醉。我仿佛在等待着被谁描绘一般，一动不动。对自己的这个想象，我感到十分满意，直到意识逐渐模糊，最终沉入梦乡。

一个周末

　　课堂，宛如一场荒诞的戏剧。从英语课到各类专业课程，知识仿若迷雾中的幻影，难以捉摸，亦无人真正挂怀。我身处大陆与阿泰之间，从他们迷茫的眼神里，我读出了同样的困惑与无奈。若不是因为晚餐的约定，若不是下课时间恰好与晚餐时刻重合，这空旷的教室里，或许只会留下孤独的回响。阿泰仍未放弃，他在我右侧，正用尺子认真地绘制着表格，那份专注，倘若不知其背后的空洞，旁人或许会被其表面的繁复所迷惑，误以为其中藏着深奥的秘密。然而，我深知，那不过是徒劳的涂鸦，既非精心设计，亦非严谨的几何，甚至连勉强及格的分数都难以换取。

　　"你懂这个吗？"我明知故问，语气中带着一丝调侃。

　　"不懂啊。"阿泰憨厚地笑了笑，回应道。

　　"不懂你还画得这么认真。"我打趣道。

　　"什么认真？"他一脸茫然。

　　左侧的大陆忍俊不禁："晚上咱们吃啥？"

　　"卤肉饭！"我头也未抬，继续观察着阿泰的"创作"。

"好主意!"阿泰率先附和。

我所认识的来自中国澳门与中国香港的同学,皆是学习上的佼佼者,因此他们平日里并不会频繁出现在我的生活中,而是在考试前夕充当我的"救火队员"。他们的实力越强,我的生活便越发肆意。而我,早已失去了对校园最基本的敬畏之心,如同武者习惯了刀剑,那份对书本的疏离感,早在十二年前便已悄然生根,如今已长成参天大树。

与身旁的两位同学难以产生共鸣,我索性趴在桌上,以画笔为伴。想到即将前往的卤肉饭店并无酒水供应,我不禁感到一丝失落。老师的声音如同卡顿的电脑,某个音节反复播放,却无法传递丝毫有用的信息。

我的画作从桌面延伸至课本,再蔓延到矿泉水瓶上。我绕着瓶身勾勒出层层水波,一个无性别的小人悠然其中,几只海鸟在其头顶盘旋,脚下则是一只庞大的海龟。小人正对的瓶身另一侧,隐约可见一座小岛,水波荡漾。黄昏的阳光透过窗棂,洒下斑驳的光影,从不同角度望去,人与岛之间若即若离,充满了奇幻色彩。庆幸的是,我并未选择绘画作为专业,否则这份对美的追求或许会被无尽的枯燥所吞噬。

傍晚时分,我将矿泉水瓶遗弃于教室门口的垃圾桶旁,与大陆、阿泰一同踏上了前往餐馆的路途。街道上人来人往,正值下班高峰,男士们领带松垮,女士们运动鞋搭配一步裙,肥胖之人随处可见,仿佛每个人都背负着生活的重担。印度裔司机占据了整条街道，中东少女包裹着头巾，白人少年满脸青春痘，发际线令人担忧，亚洲美女穿梭在人群中，人声鼎沸，我的自言自语瞬间被淹没。

"自从你搬走后，大壮那家伙又被抢了。"大陆边嚼着盐酥鸡边说道。

"又被抢了？什么时候？上次不是才一个多月前吗？"我虽无甚兴趣，但出于礼貌还是问了一句。我与大壮并不熟络，我现在的房间正是他搬走后空置出来的。据林胖子说，大壮曾在夜晚归家途中被一名白人青年持刀劫持至昏暗的小巷，双方未多言语便完成了"交易"。大壮的钱包被夺，手中的零食、饮料和卫生纸却幸免于难，一同回到了他的家中。林胖子调侃说，大壮认为若非手中提着这些重物，对方或许不敢轻举妄动，殊不知，即便放下重物，也未必能摆脱厄运。或许，那些塑料袋只是让劫匪误以为他有钱，毕竟，中国人总是习惯随身携带一些现金。

"上次还没缓过来呢，这次更离奇。大白天的，他新交的女朋友陪他看完电影，回家路上，遇到两个家伙，一个白人一个土耳其裔，问大壮几点了。大壮没戴表，就掏手机看，刚拿出来，手机和那两个家伙就一起消失了。"大陆绘声绘色地讲述着。

"这么夸张？"阿泰对大壮并不熟悉。

"哈哈，这也太倒霉了吧。"我笑得前仰后合。

"再点点什么？"大陆问我们。

"随便啦。他现在住哪儿了？"我突然对大壮产生了兴趣。在学校里，我曾见过他几次，个子不高，身材魁梧，总是穿着篮球鞋，戴着护腕，仿佛随时准备上场竞技。

"西边吧，具体哪儿我也不清楚。"大陆一门心思地看着菜单，"他说你家这边太乱，女朋友让他搬走，结果这家伙运气还是这么差。"

下了公交车，还需步行十分钟才能到家。天色已暗，我绕道去了酒店，买了两箱未曾品尝过的啤酒，不经意间，我已收集了许多瓶盖。小巷里漆黑一片，这里是土著聚居区，他们大多依赖政府的救济金生活，法律在这里似乎失去了约束力。自从安东尼租下这套两室一厅的房子以来，这里已经住过五位留学生，包括我。除了我，其他四位都曾遭遇过抢劫。这座城市，一旦离开了市中心，夜晚便如同鬼魅一般，与其他区域无异，寂静无声，人影稀少。然而，一旦遇到人影，大家还是小心为妙。离开酒店不远，一个神色萎靡的白人青年迎面走来，在离我很近的地方停下，问我能否给他几个硬币。他的靠近让我感到紧张与不安，借着酒店微弱的灯光，我看出他与我年纪相仿，或许更年轻。他头发稀疏，浅浅的眉毛几乎只剩下眉骨横在眼眶上，眼神空洞而迷离，脸上长着几颗又大又红的青春痘，浑身散发着一股廉价香烟的味道。他双手插在鼓鼓囊囊的黑色套头衫口袋里。我瞬间想到了大壮的遭遇，便回答说没有硬币，未等他回应，我便问他是否需要啤酒。他愣了一下，点了点头。我递给他一瓶啤酒，他接过之后，连同手一起插回了口袋。我快步朝家走去，心中五味杂陈。

几瓶啤酒入腹，几个悠长的酒嗝随之而出，我的心情渐渐舒畅起来。生命中充满了无数的偶然，这些偶然强大得令人难以抗拒，仿佛是上帝与命运派遣的神秘使者。宿命的脉络，或许就掌握在那些与我们擦肩而过的陌生人手中。安东尼隔着门轻声询问我周末是否愿意一同去钓鱼，我欣然应允。

次日清晨，我在百老汇的凯马特百货商店挑选了一套简约的渔具，然而考虑到其过于显眼，便决定不将它带去学校。周六的早晨，前一晚的咖啡、茶、酒精以及满屋的蚊子和噩梦，让我头痛欲裂。安东尼催促我赶紧起床，说朋友们已在楼下等候。我瞥了一眼手表，才七点半，实在懒得动弹。就在这时，一位女孩匆匆跑上楼来借用洗手间，留下一缕清新的香气在客厅中弥漫。幸好，林胖子睡得如同沉睡的巨熊一般，我趁机用被子将他那肥胖的身躯遮掩起来。五分钟后，我们四个人踏上了前往拉彼鲁兹的旅程。

早晨的阳光虽明亮，却未带来温暖。一杯咖啡下肚，我的精神稍微恢复了一些，止住了那如毒瘾发作般的哈欠。女孩的男朋友 X 显然是钓鱼高手，他的装备专业、手法娴熟。而女孩则没有鱼竿，只是不停地跑来跑去，摆出 V 字手势拍照，笑声如波光粼粼的水面般闪亮。她不断地往我所负责的海域投掷面包屑，空气中始终弥漫着那缕清新的香气。我和安东尼则完全是新手，始终一无所获。安东尼不断地向X虚心求教，而我则独自站在一旁，如同梦游般不断地甩杆、收线、穿饵，再甩杆，再收线，自言自语，举止异常。女孩跑过来查看我的进展，发现她投下的面包屑并未引来任何鱼儿，便哼了一声，咂了咂嘴，仿佛鱼儿不上钩并非我的过错，而是那些鱼儿太过挑剔。她圆润的肩膀探向桥下，黑色的长发如波浪般垂落，与海面垂直，宛如从海中升起的充满生命力的海藻。我愚蠢地将鱼钩多次甩在身后的礁石上，随着中午阳光的逐渐强烈，我的体力也开始逐渐消耗。整个上午，我都在徒劳地喂鱼，这多少让我感到有些尴尬，但内心却始终充满兴奋。那缕随风而逝的芳香，更显得弥足珍贵。或许是我的行为过于奇特，或许是出于人们天生的善意，一位白人男子从不远处走来，帮我重新调整了铅坠的长短，打好结，穿好鱼饵，然后从容地将鱼竿甩入海中。很快，他的儿子便兴奋地呼喊起来，一排鱼竿中，终于有鱼上钩了。我接过自己的廉价鱼竿，看着如同笔尖般的浮标在金白色的海面上起起落落，竟不由自主地激动起来。尽管最终我并未钓到任何鱼儿，但当我心满意足地将剩下的鱼饵分给X和安东尼时，内心却仿佛已经收获了满满的喜悦。X的鱼桶快要装满了，安东尼也有了不小的收获。我跑回自己的钓鱼位置，趴在围栏上朝下望去，海浪拍打着礁石，溅起雪白的泡沫，一群群小鱼在礁石环绕的海域中穿梭往来，它们灰色的脊背在墨绿色的海水中清晰可见。"你们应该都已经吃饱了吧。"我自言自语。

晚餐是清蒸立鱼。安东尼似乎也对钓鱼产生了浓厚的兴趣，邀请我下周再次同行，我并未给出明确的答复。前一晚的失眠和今日的劳累让我倍感疲惫，酒足饭饱之后，我早早地进入了梦乡。一夜安眠，醒来时已经是周日的中午了。

整个下午，我都在与白石一同逛街。我们在约定时间的一小时后，顺利地在市政厅车站出口处碰面。穿过马路，我们走进了那栋有女王形象代言的购物中心。白石如同爱美的女子一般，不停地试穿各种衣物，挑选着心仪的商品，而我则在一旁如同母亲般唠叨不停。

"这件怎么样？"他问道。

"还不错。你喜欢就买吧。"我回答道。

"不难看吧？"他再次确认。

"不难看。"我肯定地回答。

"那这件呢？"他又拿起一件衣物。

"这件你上周不是试过了吗？"我提醒道。

"我觉得有点太夸张了。"他有些犹豫。

"还行啊，看什么场合穿。"我给出了建议。

"这两双鞋哪个更好看？"他指着两双鞋子问道。

"左脚这双吧。"我指了指。

"嗯，我也这么觉得，就是太贵了。"他有些不舍。

"那你就再考虑考虑。"我劝慰道。

"可确实很舒服，非常轻便。"他赞叹道。

"那你就买下来吧。"我最终给出了建议。

我们就这样一家接着一家地逛着，一遍又一遍地挑选着。女王形象在商场门口矗立着，手持象征权力的权杖，黑色的宽袍下仿佛堆满了印有她头像的钱币。我一手拿着咖啡，一手拎着五彩斑斓的购物袋，如同拎着一只开屏的孔雀般招摇过市。

星期日的黄昏，大多数商店已早早地落下了帷幕，人群仿佛被一阵无形的微风悄然卷走，只留下一片静谧。白石仍意犹未尽，而我却已感疲惫，于是提议去享用一顿丰盛的晚餐，白石欣然同意。我们选择了情人港附近的一家高级日本料理店，那里距离白石的家很近，于是我们先将购物袋送回，白石换上了一套崭新的雅致服饰。

餐厅内光线昏暗，几乎所有的光亮都来自每张餐桌上摇曳的水晶杯烛光，以及墙壁上点缀的几盏昏黄如旧照片般的壁灯。空气中弥漫着一种独特的气息，既非花香，亦非香水，而是仿佛带着微微暖意的烛火之香，这香气中流淌着黑色与暗金色的光影。我们并未预订，但侍应生在一通电话和一番电脑操作后，巧妙地为我们安排了座位，只是需要在两个小时内结束用餐。对此，我们并无异议，毕竟饥饿让我们对时间并不苛求。

　　餐厅宽敞而不失优雅，每张餐桌前都坐着三两食客，人声鼎沸却又不失和谐。服务生们身着统一的黑色西裤、白色衬衫，黑色的套头围裙上两根带子紧紧束在身后，使他们看起来利落而挺拔。在这昏暗的环境中，他们的装扮无须过多的剪裁与用料，便自然流露出一种高档的气质。吧台处，两位白人女子坐在高脚凳上，或许是因为长裙的修身设计，她们的坐姿显得格外优雅，轻盈而迷人。她们周围围绕着几位男性，个个西装革履，笑容得体，举止恰到好处。他们搭在吧台上的手臂、轻捻胡须的手指、演讲时挥动的手势，都显得那么自然流畅，宛如一出精心编排的戏剧。每个人手中都端着一杯鸡尾酒，仿佛正在上演一场关于大亨的传奇故事。

　　菜单厚重如字典，菜品虽不多，但价格却比菜单本身更加沉重。我们按照图片挑选了多道佳肴。窗外，情人港的灯火璀璨夺目，海湾上，一艘艘小型和中型的游艇如同重装骑士的枪矛般整齐排列在码头，随着温柔的海波轻轻起伏。港湾对面的商业区，高楼林立，整栋整栋的灯光闪烁，宛如一块巨大的霓虹电路板，而这些霓虹灯光又投射到海面上，让光影交错、虚实难辨，宁静而神秘。隔着窗户望去，这景象宛如一台精妙绝伦的微缩景观，令人陶醉。

　　"需要甜点吗？"服务生礼貌地从白石手中接过酒单，轻声问道。

　　"不需要了，谢谢。所有的菜一起上吧。"白石条件反射般地回答道。我微笑着朝服务生点了点头。

"学费又涨价了。"白石突然提起了一个令人兴致大减的话题。

"不是说每年涨百分之五吗？"我好奇地问道。

"每年还是每学期？"白石反问。

"应该是每年吧？我也不太确定。"我猜测道。

"管它呢，反正我跟家人说的是每学期涨百分之十。"白石满不在乎地说道。

"这也太夸张了吧？"我惊讶道。

"这还夸张呀？我上学期还跟家人说有两门课没过呢，结果成绩下来时真有两门没过，白费了我一番'设计'。"白石无奈地笑道。

"还好不是三门，要不然你还得亏呢。"我打趣道。

"说的就是呀。"白石附和道。

"下次你等成绩出来了再说吧。"我建议道。

"我那不是钱花完了吗？"白石解释道。

啤酒送来了，服务生在我们面前将啤酒倒入挂着冷霜的小麦杯中。一瓶倒完，一杯刚好满盈。两厘米厚的白色泡沫下，暗金色的液体中一串串气泡飞速上升，宛如无数烟花直冲云霄。我和白石碰了下杯，一口冰凉的啤酒如同滑雪般从口至喉，再由喉至腹，带来一股清爽的凉意。夜晚，就这样悄然拉开了帷幕。

　　夜色如墨，却并非全然沉寂，它以一种无形的力量笼罩着四周，引人遐想。科比的精神、迪奥的优雅、山本耀司的深邃、埃姆纳米的激情，以及《速度与激情》中的热血与《枪炮与玫瑰》的狂野，这些元素如同璀璨星辰般点缀着我们的对话。德国汽车的严谨、中国香港杂志的繁华，亦如夜空中最亮的星，闪烁着诱人的光芒。我们一杯接一杯地畅饮，话题从远方转至故乡，那个让我们如鱼得水之地，与眼下这片略显单调的陆地形成鲜明对比。

　　喧嚣的夜总会与通宵营业的大排档，仿佛两个迥异的世界，却又在某种程度上相互交织。袋鼠的活泼与考拉的慵懒，恰似这片陆地上最生动的注脚。回想起若干年前，我们带着简单的行囊——两箱衣物、一卷卫生纸、美元、茶叶、风油精、阿司匹林、止泻药、一只保温杯、一部摩托罗拉手机、几张照片，以及心中那若有若无的梦想，踏上了这片干燥而陌生的土地。身后是母亲温柔的目光、父亲坚定的信念、朋友真挚的祝福，还有初恋那真实而不舍的泪水。我们惶恐又兴奋，莫名其妙地聚在一起，彼此结识，相互扶持。

　　菜肴终于上桌，占据了整张桌子。距离限定时间还剩一个小时，但显然已足够我们吃完饭。毕竟，菜量只占了桌面的十分之一，我们也不打算将盘子啃得一干二净。

　　"等会儿还得去麦当劳补充一下。"白石摇晃着脑袋笑道。

　　"中国菜就是太过实惠了。"我一口干掉杯中的啤酒，"很多都失去了原本的味道。唐人街的广东菜还算不错，川菜就稍显一般了，辣味尚可，但麻味不足。至于东北菜和上海菜，就更不尽如人意了。不过好在外国人难以分辨这些差别，重要的是氛围要营造到位。灯光要暗，最好全换成蜡烛，再挂上大红灯笼。桌椅统一用枣红色，碗上印着龙纹。价格要贵，营造出超级精致的就餐体验。盘子要大，但菜量要少，比如红烧肉只能放两块，别让人想着还能就着米饭吃。米饭也要少，最多两勺，和日本的红姜作用相似。最好的办法是让服务员先吃，然后把他们剩下的摆到盘子里再端给客人，这样客人就会觉得这是好东西了。你给他们上一盘饺子也没用，他们不知道这是主食。你给他们剩下两个放在那就好了，旁边放一个粉彩小瓷碟，里面装上酱油、醋和蒜末。他们一看这个菜就厉害了，不知道怎么做出来的，感觉费工夫。咬一口饺子，吃一口大米饭，那感觉……"

白石笑得前仰后合，摇晃着空杯子问我："再来两杯？"

"来！"

"等会儿去哪儿？"

"还想喝吗？"

"这才哪到哪呢。"

"要不我们去唱歌？"

"你打电话吧。"

几通电话过后，人很快就到齐了，仿佛他们一直在等待着我们的召唤。房间永远都能订到，因为总有这样的朋友，他们随叫随到，替你订好房间，喊来朋友，安排好酒水、饮料、骰子和零食，或是其他活动。而你所需要做的，就是通过那些单调却意犹未尽的游戏，将这些酒水统统灌进喉咙，将自己和整个夜晚推向高潮。

"红盒子，九点半，一零五号房。"我挂断电话对白石说。

"应该是十五人的房吧。"白石打了个嗝，眼圈已经微微泛红。

从情人港步行到红盒子大概需要二十分钟。虽然已经到了九点半，但我和白石还是决定走过去，消消食，也散散酒气。更重要的是，我们知道没人会准时到达。

大陆和阿泰已经到了，还有两个不认识的女孩。阿泰用脚碾灭了香烟，带我们径直朝里面走去。前台站满了询问或是等待空房的留学生。夜的第二幕就这样悄然拉开了。

起初的房间还有些冷清，但这种冷清更像是故意营造出的氛围，甚至透露出一种挑逗的意味。一个小时后，十五人的房间里已经挤满了二三十人。没人知道确切的数字，也没人在乎。只觉得房间越来越喧闹，移动越来越困难。从交谈逐渐变成叫喊，从听不见别人在说什么到听不见自己在说什么。门不停地开开关关，一个个空杯被端走，一扎扎新酒又被送进来，转眼又变得空空如也。速度之快，世间再无其他饮料能与之媲美。人们不停地走进走出，从这屋跑到那屋。挑衅、嘶吼、划拳、干杯，一杯接一杯地畅饮。疯狂地追求醉意，醉后更加疯狂。在这里，两个中国人相遇时，不再只是中国人，而是老乡、北京人、上海人、福建人、东北人、广东人、江苏人和四川人的无限组合。上一秒刚介绍完的名字，下一秒就忘记了。每个人都仿佛从出生就在等待着这一刻的到来。上一回合还在为自己的国家而战，下一回合却又卷入了校与校之间的纷争。红酒、啤酒、清酒、轩尼诗、兑了绿茶的黑方、掺了姜啤酒的伏特加……每一条追求醉意的路上都挤满了摇摇晃晃的脑袋。最后，把所有的饮料通通混在一起，表面上浮起一层厚厚的白色泡沫，泡沫之下是难以言喻的神奇液体，颜色浑浊，暗流涌动。"干杯！"也不知道是谁在喊，大家只是脖子一扬，有东西从嘴角滑落。

白石从一开始就与我分开坐。没人知道他喝了多少，因为他已经无法言语。他最后一次拿起身边的空酒扎呕吐时，弄出了一杯令人作呕的东西，完全看不出是在高档饭店刚吃完的饭。也没人知道他是在什么时候喝多的，因为在这场狂欢中，第一杯酒与最后一杯酒并无区别。

凌晨四点，卡拉OK的灯光熄灭，一夜的狂欢如同一场绚烂的烟花表演后暂告一段落。我们站在门口，人群三三两两地散去，有的已踏上归途，如归巢的鸟儿；余下的则继续驻足，醒酒、抽烟、闲聊，享受着这难得的宁静，仿佛在品味一杯余韵悠长的茶。一排排出租车静静地等候在路边，黄色的顶灯在夜色中闪烁，宛如熟睡中偶尔翻身的梦呓，散发着神秘的光芒。印度裔司机头戴头巾，眼神中带着几分陌生与疏离，像来自遥远异域的神秘使者。阿泰点燃一根烟，我顺势接过，他又默默地点燃第二根，那忽明忽暗的烟头仿佛是我们心中尚未熄灭的激情小火苗。大陆在一位美丽女孩的搀扶下，显得格外兴奋，向我们发出继续狂欢的邀请，语气中满是挑战之意，如同一位斗志昂扬的勇士在挥舞着战旗。我叼着烟，哼笑一声，一切尽在不言中，那淡淡的烟雾如同我们复杂心情的外化。阿泰也意犹未尽，狠狠地抽着烟，仿佛能借此驱散酒意，那用力的样子就像在与某种无形的力量抗争。白石则如被床单包裹的沉重石块，躺在我们脚边，新买的衣物已失去了原有的模样，仿佛一朵被风雨摧残过的花朵。那位搀扶大陆的女孩，我似乎曾在某个相似的夜晚见过，可记忆却如晨雾般朦胧，让人捉摸不透。

高宾街与皮特街的韩国餐馆，总是坚守到天明，成为我们消夜的首选之地，就像一座温暖的港湾在黑暗中为我们点亮希望的灯塔。我们一行七八人，我和阿泰合力搀扶着白石，如同战场上归来的勇士，一路前行，那艰难的步伐仿佛在诉说着战斗的疲惫与坚持。韩国餐馆内人声鼎沸，烧烤香气四溢，火锅在扁平的盘子里咕嘟作响，顶层的方便面简单直接，引人会心一笑，整个场景就像一幅充满生活气息的热闹画卷。食客们或嘟囔，或争吵，用他们独特的语言演绎着生活的热闹，那声音如同交织在一起的不同旋律，奏响了生活的交响曲。男男女女的脸庞都染上了红晕，韩国小妹端着粗瓷浅口碗穿梭其间，像一只忙碌的小蜜蜂在花丛中飞舞。我们连饮两轮玛可利酒，阿泰仍盯着菜单，仿佛手捧圣经般虔诚，却未曾翻动一页，那专注的神情仿佛在探索一个神秘的宝藏世界。突然，一位女生一巴掌拍在菜单上，一只碗如同陀螺般旋转半圈后倾倒，浑浊的液体洒满桌面，那碗的旋转就像一个突然被启动的小陀螺，充满了意外的活力。她笑道："还看什么？韩国菜就这些，我都能背下来了。"阿泰被这一举动吓了一跳，众人皆捧腹大笑，那笑声如同欢快的海浪，一波接着一波。一只微小的虫子在桌面上挣扎，我举起拳头，伴随着一声"嘟昂"，重重落下，却未能将其一击毙命。它拖着残躯，仍在顽强地爬行，就像一个不屈不挠的小战士在艰难地前行。我小心翼翼地将其拾起，放入洒落的酒液中，它终于停止了挣扎，仿佛完成了一场悲壮的旅程。对面的女生皱眉道："别弄了，真恶心。"我微微一笑："它是醉死的。"随后，玻璃盅被端上桌，我们开始了烧酒的品饮，那透明的玻璃盅就像一个小小的魔法容器，承载着我们继续狂欢的渴望。

其实，我们的酒量已近极限，只是不愿就此罢休，就像即将耗尽能量的战士依然坚守着阵地。白石被安置在墙角，嘴角微张，仿佛在向天花板诉说着什么，那模样就像一个正在做梦的孩子。背景中，韩国人的争吵与女人的嘟囔交织成一首独特的交响乐，那声音就像汹涌的海浪冲击着礁石，充满了力量。音乐悠扬，我们虽听不懂歌词，却能感受到它的热烈与粗犷，这似乎更激发了我们的热情，让我们这群现实中的"斯坦尼学生"尽情发挥，仿佛我们是一群在舞台上尽情表演的演员，被音乐的魔力所吸引。

离开餐馆时，天边已泛起鱼肚白，虽寒意犹存，但街道上已可见早起的上班族，他们西装革履，睡眼惺忪，红绿灯下的车辆渐渐连成串，人行道在不知何时已被清扫得湿漉漉的，整个城市就像一个刚刚苏醒的巨人，准备迎接新的一天。夜晚的痕迹已荡然无存，破碎的酒瓶、呕吐物、纸屑、老鼠、蟑螂、麦当劳的袋子，一切仿佛都未曾发生，就像一场梦在黎明时分悄然消散。男子边走边系领带，女子争分夺秒地化妆，中年亚洲男子穿着笨重的皮鞋跳下车开始卸货，咖啡店门口站满了需要提神的人们，那忙碌的场景就像一部快节奏的电影，充满了生活的张力。带有把手和轮子的公文包让我想起了久违的老师，心中涌起一丝敬畏与恐惧，那公文包就像一个装满回忆的宝箱，打开它就能唤起那些曾经的故事。我对阿泰说："咱们也撤吧。"大陆已离去，是否与女孩同行，我无从知晓，他们的离去就像一阵风，留下了无尽的遐想。我们合力将白石塞进出租车，十分钟后又将其拖出，拽进电梯，扔上床，在他身旁备好垃圾桶，终于也感到了疲惫，我们就像一群完成了艰巨任务的劳动者，期待着片刻的休息。我倒在沙发上，阿泰躺在地上，只聊了几句，他便打起了呼噜，那呼噜声就像一阵低沉的雷声，在安静的房间里回荡。我喃喃自语："你这幸运的虫子。"这似乎是我入睡前的最后一个念头，随后便陷入了沉睡。那沉睡就像一艘小船在平静的海面上漂荡，驶向未知的梦境。

醒来时，天色已暗。我对着水龙头大口灌入凉水，一个嗝涌上来，满是酒气，那酒气就像一个调皮的小精灵，在我的身体里乱窜。我感到头晕目眩，用水洗了洗眼睛，那清凉的水就像一双温柔的手，抚摸着我的脸庞。阿泰和白石仍在沉睡。我打开落地窗，让城市的喧嚣涌入屋内，那喧嚣就像一场汹涌的潮水，瞬间填满了整个空间。我望着窗外的车水马龙，傍晚的落日已无踪影，只剩下红蓝色的灯光在闪烁，那灯光就像无数颗璀璨的星星，点缀着城市的夜晚。风很大，云层迅速向某个方向移动，那云层就像一群奔跑的骏马，在天空中疾驰。汽车的轰鸣声不绝于耳，它们闪着红光向四周散去，消失在夜色中，那汽车就像一个个忙碌的小甲虫，在城市的道路上穿梭。树枝在风中疯狂摇摆，仿佛要甩掉一身的疲惫，又像一个个充满活力的舞者，在风中尽情舞动。

我决定煮点粥来暖胃，但在厨房只找到了锅，却不见米的踪迹。我摇醒了白石，问他米在哪里。他摇了摇头说："没有米。"我好奇地问："那你要锅干吗？"他迷迷糊糊地说："锅

是我妈让我从国内带来的。"说完又翻身继续睡觉。阿泰醒了
过来，靠在沙发上抽烟。我准备回家换衣服，阿泰问我晚上是
否继续。我笑着问他："你还行吗？"他自信地说："跟没喝一
样。""那我也得先回趟家换衣服，电话联系。"我边说边走向
门口，心中充满了对未来的期待与憧憬，那期待就像一颗即将
发芽的种子，充满了无限的可能。

309路公交车内，下班的人群将车厢挤得水泄不通，每个
人的脸上都透着疲惫之色。领带松垮地垂在脖子上，高跟鞋随
意地挂在背包一侧，硬邦邦的公文包不时碰撞在腿上，带来阵
阵隐痛。安东尼不在家中，林胖子则趴在床垫上，全神贯注地
沉浸在游戏世界中，那姿势仿佛数日未曾改变。

我为自己煮了两包方便面，此时天空开始飘起细雨。林
胖子突然从床垫上跃起，将牛仔裤、T恤、短裤一股脑地搭在
了阳台的晾衣架上。

"你这是跟谁学的？"我坐在客厅的餐桌前，与林胖子闲
聊着，酒后的方便面此时显得格外美味。

"不脏，冲冲就干净了。"林胖子笑眯眯地说着，低头闻
了闻身上的背心，也随手挂到了外面，露出一身微微颤动的
肥肉。

"安东尼呢？"我好奇地问道。

"不知道，下午就出去了。"林胖子跑到厨房，随意冲洗

了一双筷子。

"你今天去上课了吗？"我继续问道。

"你看我像去上课的样子吗？"林胖子站在我身旁，一脸坏笑地弯下腰。

"当初是你自己决定出国的吗？"我追问道。

"是家人决定的。"他回答道。

"那来这里也是你选的吗？"

"还是家人。"

"你喜欢这里吗？"

"谁会喜欢呢？"林胖子两口就吃完了面，只剩下汤水在碗里微微荡漾。

"那你念完书后打算怎么办？回去还是留在这里？"

"念完再说吧。"林胖子心满意足地抹了抹嘴。

我把碗扔进洗碗池，拉过一条凳子坐在林胖子旁边，看着他打游戏。屏幕上，一个小人闪烁着蓝色的光圈，灵活地跑来跑去，身材比他不知要好多少倍。

不久，电话响起，是阿泰邀我继续前往。我告诉他外面在下雨，他却说市中心已经雨停了。我换好衣服后邀请林胖子一同前往，他却以不会唱歌为由拒绝了我。我说我也不会唱歌，咱们可以喝酒，他又说不爱喝酒。我又提议去看美女，他犹豫了一会儿，还是决定留在家中打游戏。我冒着雨出了门，很快就打到了一辆车。到达目的地后，我递给司机二十块钱，车费是十七块四角钱，我让他不用找了。我钻进绵绵细雨中，暗自埋怨这雨真是恼人。于是，我加快脚步奔跑起来。

再次回到家中时，应该是凌晨两三点钟。大陆和那个漂亮女孩已然在一起了，白石又买了一件和之前一模一样的衣服。阿泰告诉我"万宝路"牌香烟又涨价了，而我则因为喝酒过多而呕吐不止。我掏出钥匙打开门，林胖子刚从洗手间出来。整间客厅只有他那台电脑屏幕发出微弱的光芒，一男一女亲昵的画面在他的床垫前一闪一闪的。林胖子显然有些尴尬，"明天拷给你"。说完这句话，他就进了屋。我走进漆黑的屋内，满脑子都是那闪烁的画面。于是，我晕乎乎地打开电脑，想要排解一下心中的冲动，但因为酒醉未醒，最终未能如愿。

一先的面试

一先猛地推开门，将我从沉睡中唤醒。我瞥了一眼手机，时间才十一点半，屏幕上显示着十多个未接来电，而我竟全然未察觉。

"你从哪儿过来的？"我调整枕头，半倚半卧于床头。

"还能是哪儿？家呗。我还没出门就开始给你打电话，一直到你家，电话都没打通。"他略带无奈地说道。

"哦，我睡着了没听见。有什么事吗？"我问道。

"没事，就是明天我有个面试，是一家小公司，感觉这次希望挺大的。我们在电话里聊了二十多分钟呢。"他回答道。

"是做什么的公司？"我好奇地问道。

"他在电话里介绍了一大堆，我也没完全听明白。不过我挺机灵的，让他给我发了一封邮件，确认了面试的时间和地点。我上网查了查，感觉像是那种专门为当地人，或者像我们这种非英语母语者提供广告翻译服务的公司。"他兴奋地解释道。

"就我们这种？翻译公司？"我有些疑惑。

"不不不，我解释一下啊。"一先显得更加激动，"比如说政府要选举了，得告诉老百姓投票的时间、地点和方式，对吧？那他们不能只用英语说吧，很多人听不懂，又必须让所有人都知道，所以就得翻译成不同的语言。语言不同，受众就不同，那照片、图片、广告的排版也就全都不一样了。政府就把这些工作外包给其他公司，这家公司就是干这个的。"

"你研究得还挺透彻嘛。"我赞叹道。

"还行吧，知己知彼嘛。"他谦虚地说道。

"那你来找我干吗？"我好奇地问道。

"我想让你帮我准备明天的面试。"他说道。

"这东西怎么准备？"我疑惑地问道。

"你就照着这个念。"他从书包里掏出几张皱巴巴的纸，"你问，我来答。"

"你怎么知道人家会问什么？"我好奇地问道。

"有些问题是一定会问的，还有一些是我自己想的。我之前面试过几次，总结出来的。"他解释道。

"那你自己背熟不就好了？"我提议道。

"那不一样，我会紧张。我之前没成功就是因为太紧张了。而且你问的时候要替我打乱顺序，这样我就不会那么紧张了。"他说道。

"说白了，就是语言问题。像我们这种英语不太好的人，确实得准备充分点。"我接过那几张皱巴巴的A4纸，上面写满了红色、蓝色和黑色的字，很多地方被涂抹、重写、划掉或圈起来指向别处，透露出他的谨慎与期待。

"对啊，所以要准备充分啊。而且这家公司离你家特别近，坐车顶多十分钟。"他说道。

"你今天打算住这儿啊？"我问道。

他边笑边从书包里掏出睡衣说："不白住，这是给你的。"说着，他往我身上扔了一个花花绿绿的塑料小玩意，是一个伪装成红绿灯模样的小瓶起子。

单人床上硬生生地挤了两个青年。早上九点，这本应是我深度睡眠的时间，无奈一先却像一只刚从市场上买回来的活泼小鸡一般扑腾个不停。他叠被子、开窗、洗澡、吹头发、换衣服，进进出出，窸窸窣窣之声不断。他还念了两遍稿子，问我有没有浅蓝色的领带，哪条更合适。最要命的是那半瓶香水，让整个房间都弥漫着浓烈的香气，这觉是没法睡了。

"你又不是去相亲，用得着这么隆重吗？"我索性也起床洗漱。

面试的公司确实不远。我与一先搭乘X10路公交车，在红番区的警察局站下车，穿过一条狭窄的巷子，再越过马路，那家公司便静静地坐落于路口。那是一栋陈旧的三层小楼，楼顶三角形的石牌上镌刻着"1898"的字样。公司占据了二楼和三楼，若不仔细寻觅，着实难以发现它的存在。一先按响了门口的电铃，我则在一旁默默为他送上祝福，随后转身步入了巷子内的一家咖啡馆。这时，一位身着蓝色警服、全副武装的年轻警员，小心翼翼地用纸托盘端着咖啡从我面前走过。阳光明媚，我的心情也格外舒畅。

咖啡仍散发着腾腾热气，一先便从里面走了出来。面试似乎进行得颇为顺利，他满脸兴奋，向我讲述着所有问题他都回答得十分出色，还生动地描绘了面试他的那位老者、公司的环境以及听起来颇为诱人的待遇。

"而且老者说，如果以后来这里上班的话，随便穿什么都可以，便装就行。他可能觉得我今天穿得太正式了。"一先边说边脱下了外套。

"面试嘛，正式点是应该的。"我给他点了一杯与我相同的浓缩咖啡，并笑道，"在北非，两个人靠一杯咖啡就能聊上一整天呢。"

"我也能。"一先望着窗外熙熙攘攘的人群，眼中闪烁着快乐与期待。或许是昨晚没休息好的缘故，金色的阳光洒在他略显疲惫的脸庞上，为他增添了几分憔悴之色。在这个无所事事却又毫无压力的晴朗上午，一切美丽得令人陶醉。我不禁好奇，此刻自己的眼睛又是什么样的神情呢？

一先是我来到这片大陆后最早结识的朋友之一。与我周围的许多人不同，一先对自己的现状与未来有着清晰的认知。他怀揣着成为一名记者的崇高理想，这是一个令人由衷钦佩的目标。因此，他毅然选择了传媒与通信专业，这是一个需要勇气与决心的决定。要知道，在我所接触的人群中，能够真正读懂一份报纸的人寥寥无几，即便是《先驱报》的头条新闻也难以理解。一先自然也不例外，但他却愿意为了这个理想而付出艰苦的努力。他开始疯狂地背诵单词、阅读报纸，并将所有不认识的单词一一标注。我曾亲眼见过他的一份报纸，上面密密麻麻地写满了注解，仿佛是一部微型的字典。经过一年的努力，一先已经变成了一个典型的、疯狂的中国学者，一个沉默寡言的知识分子，就像一台崭新的586电脑一样，储存着海量的知识。他或许无法流利地表达自己的想法，但几乎认识所有的词汇，只要你给他足够的时间去检索。他能够看懂每一家饭店的菜单，记得住二十多种面包的名称和所有部位的牛肉，甚至有一次还一本正经地向我指出了迷迭香与百里香的区别。而在此之前，我一直以为这些只是武侠小说中的虚构之物。

尽管一先的专业并不符合移民的条件，但他仍然希望将来能够留下来。他说，只要毕业后能找到工作，并让雇主提供担保就可以了。这种想法在当时的我看来既新奇又老练。

一先常常满怀热情地向我展示他的学术成果，拿着报纸向我讲述各种排版技巧。他告诉我，即便是同一张照片，通过不同的剪裁方式、朝向、大小和色彩处理，都能给读者带来截然不同的心理暗示。即便是同一件事实，也可以运用不同的表达技巧来达到各自的目的。我对他所说的这些深信不疑，然而我却坦言："我从来不看报纸，哪怕是在中国。"一先笑着说他也不看。我好奇地问这些报纸都是从哪里来的，他说是街边免费发放的。于是，我把报纸团成球状，用透明胶带缠好，在屋里踢着玩。

生活之所以常常让人感到乏味，是因为大多数人都没有一技之长。即使把我们全部加在一起，也只不过是一个庞大的旅行团而已，只能盲目地跟随、模仿他人的行动，让自己保持在队伍之中。尽管个体看起来似乎充满活力，但整体而言却毫无生气。我们是一群留学生、会计师、银行职员、金融人士，也是一群热情而冷漠的混子，像是住在单间里的囚犯，更像是沙丁鱼罐头里的沙丁鱼一样拥挤不堪。一先也不例外，他的资质并不出众，但用老话来说，他似乎想要把自己武装起来。一先告诉我，在很多课上他都是唯一的中国学生，这在我们这群学金融的学生看来简直难以想象。至少如果是我，一定会以为自己走错了教室，或者暗暗咒骂那些"家伙"居然一个都没来，然后赶紧收拾东西走人。在学校里，我们无法忍受哪怕是一分一秒的孤独感，就连在考场上也不例外。一先拼命地扩充词汇量，而我和其他人则拼命地喝酒。一先酒量不佳，一杯就醉；我也无法专心背单词，一背就困。我们各自照顾着生活的两端，虽然作息不合、不常见面，但我依然非常喜欢他。他甚至是我最喜欢的朋友之一。在面对那些没有图片的菜单时，或是偶尔的午后时光里，我都需要他的陪伴。

下午三点半，我与一先决定将午饭与晚饭合二为一。一先因穿着过于正式而略感不适，尽管他已将领带松垮地系着，却仍不愿前往繁华的城区。于是，我们一同走进了那位希腊老头的烧鸡店。店内仅有老头一人，或许因闲暇无事，他对一先表现出了极大的好奇与热情，仿佛我能拥有这样一位衣着得体的朋友是个令人惊叹的奇迹。

在得知一先是为了面试而特意打扮后，老头先是对他给予了鼓励，随后便自豪且滔滔不绝地谈起了他那个住在北区的儿子。他带着浓厚的巴尔干口音，英语说得急切而热烈，仿佛他的儿子并非在一家货运公司担任总经理，而是在为整个希腊指引方向。即便你当面揭示真相，他也一定会为希腊失去这样的人才而懊悔不已。

一先也被老头的热情所感染，好奇地问他为何不与儿子同住。老头指了指我们盘子里的烧鸡和这家店，又拍了拍我的肩膀，笑道："我走了，你小子就该饿肚子了。"这老家伙，说得好像我不付钱似的。一先提议道："那您就把店卖了呗。"老头却摇了摇头，深情地说这是他和老伴年轻时共同开设的店铺。一先听后，便不再言语。

老头依旧兴奋不已，他步履蹒跚地走到屋子尽头的收银台，拿来一张照片。相框略显油腻，照片中一位胖胖的老太太坐在单人沙发上，怀里抱着一只猫。在那一刻，猫似乎并不愿意参与这场定格，从老太太手中挣脱出来，向照片的左下角跑去。于是，这张原本充满古典构图意味的照片，因猫的失焦而变得异常写实。猫的身影模糊，而老太太却笑得十分开心。

新炸好的薯条散发着诱人的香气，老头为我们盛了很多。饭后，一先整理了书包便回家了。随后，大陆打来电话，询问是否要一起吃晚饭。我告诉他已经吃过，他又提议晚上去喝酒。我回答说等他们吃完饭再议，然而之后他并未再来电话。

我在楼下游了一会儿泳，上岸后随手拿起一本书翻阅。然而，刚看了一会儿，一只苍蝇便开始与我作对，绕着我的脑袋飞来飞去，仿佛想让我读出书中的内容。我试着念了几句，它又险些飞进我的嘴里。无奈之下，我只好合上书本，与这只苍蝇周旋了二十分钟，终于将它拍死。

书已无心再看，我忽然想起已经很久没有联系父母了，而他们似乎也很久没有主动联系我了。

又一个周末

　　周末悄然降临，于我而言，一周七日皆为休憩与闲散之时，然而周末总给予我一种莫名的心安之感。自上周钓鱼归来，安东尼又与友人再度前往河边，此次归来，他仿若脱胎换骨一般，对着我和林胖子滔滔不绝地讲述着钓鱼的新感悟，全然否定了我们初次钓鱼的经历。经过几日在房间内的反复琢磨与提炼，他的钓鱼技艺似乎已达炉火纯青之境。我碍于盘中那条青衣鱼的"颜面"，只好任由他夸耀。身为北方人，我更擅长啃食带骨肉类食物，对于吐鱼刺并不擅长，否则进食速度还能更快些。林胖子则磨刀霍霍，从网上寻得清蒸鱼的做法，一副胸有成竹之态，还不时强调自己身为内蒙古人，首次尝试清蒸鱼便能如此成功，实属天赋异禀。更为奇妙的是，这两位好友似乎都缺乏食欲，我劝安东尼品尝，他却从滔滔不绝的讲述中抽身，回了一句"你吃吧，我不饿"，仿佛他的使命只是将食物带回家中。我又转向林胖子，他也婉拒了，似乎看着我享受美食的满足感便足以填满他的胃口。"这俩家伙真是奇怪。"我心中暗自思忖，随后全神贯注地对付起那条鱼来，一片片白嫩的鱼肉被我撕下。那条鱼，一只死鱼眼朝上，仿佛在凝视着整个世界。

安东尼一早便拉我前往钓鱼，我能感受到他急于向我展示他的钓鱼技巧，以证明他这几日的言论并非虚言。林胖子则照例熬夜打游戏，白天则沉睡不醒。来接我们的依旧是X，但这次无人上来借用厕所。坐在副驾驶的是一位高高瘦瘦的广东男生，他声音洪亮，话题始终围绕着钓鱼，从内容到口音，我都难以听懂。但从后排座的某个角度看去，男生那又宽又突出的下颚，竟与鲇鱼有几分相似，这为我枯燥的旅途增添了几分趣味。

下车后，我便一溜烟地跑了，将鱼竿交给了安东尼，我可不想拿着它四处奔波。我钻进一家正对着沙滩与大海的餐厅，点了一杯啤酒、一盘炸鱼与薯条，悠然自得地品尝起来。沙滩上人来人往，身着红黄两色救生服的救生员坐在高高的台子上，眺望着海面。胳膊上绑着气囊的小女孩与拿着盾形浮漂的小男孩在海水与沙滩间嬉戏奔跑。男人们大多身材魁梧，一半人在海浪中蹦跳，另一半则踩在冲浪板上横冲直撞。上了年纪的妇女们身材各异，有梨型的，也有葫芦型的拉丁裔女子，还有肩膀上长满雀斑的年轻姑娘，她们穿着比基尼躺在沙滩上阅读、晒太阳，偶尔翻身或坐起涂抹防晒霜。沙子沾满了她们的大腿，印着国旗图案的浴巾、太阳镜、防晒霜、人字拖、大都会杂志散落一地，成群的海鸥在食客周围虎视眈眈。我自言自语："据说有些海滩只允许裸体，穿着衣服反而被视为有伤风化。"当肉体以毫不造作之态展现在阳光下，窥视便失去了立足之地，欲望也似乎随之消散。"这真是一个复杂的现象。"我将一大块蘸满美奶滋的炸鱼送入口中，感到无比满足。几个穿着素色长裙或牛仔裤的中国女孩在浅水处嬉戏拍照，拿着相机的中国男孩腋下夹着雨伞和女包，弓着腰、扎着马步，虽然略显狼狈，但脸上却洋溢着满足的笑容。

喝完咖啡后，我继续在海边闲逛。躺在炙热细软的白沙上，海风黏腻，四周无人与我交谈，连一本书也没有，强烈的阳光让我感到头晕目眩。我离开了沙滩，满脚的沙子让我感到不适，于是找到一处露天的花洒，扯着腿冲洗了半天。可没走多远，双脚又沾满了沙子。我坐在地上，手里拿着拖鞋使劲朝地面拍打，像个略显泼辣之人。几个白人青年扛着冲浪板光着脚从我身边走过。"外国友人的这种自在劲儿还真难学。"我心中暗自思量。

不远处，一群人在拍摄婚纱照，说的是汉语。我走近瞪大眼睛看了半天，像个好奇的看客。一对新人穿着华丽，女孩兴致勃勃，男孩则满头大汗。摄影师背着一身专业的摄影设备，生怕别人不知道他的职业身份。一个女孩站在摄影师身后，左手抱着胳膊，右手摆弄着手机，一脸漠然。她偶尔走到穿婚纱的女孩面前，为她整理被海风吹散的头发，或是用一支化妆刷在她脸上轻轻扫过，像是在拂去灰尘，然后又站回原处继续漠然地等待。一个摄影助理狼狈地跟在穿婚纱的女孩身后，像个突然长大的花童，手里拽着长长的婚纱拖尾在空中甩来甩去。

背景是银色的海岸线、木桥、礁石与一座浅黄色的塔楼。摄影师显然在努力避开人流，让照片呈现出一种人间仙境般的气派。无论是卢浮宫、香格里拉还是圣托里尼岛，在婚纱照里永远都显得人烟稀少。"他们应该去天体浴场拍摄，婚姻、爱情、肉欲，让一切为彼此买单。"我心中暗自思索。这时，一个胖墩墩的金发小孩忽然闯入了镜头，引来一阵笑声。摄影师迅速按下了快门。"哎，算了吧，我什么时候能来这么一套婚纱照呢？"我心中暗自感叹。于是，我穿着拖鞋朝远处的木桥走去，那里有很多人正在钓鱼。

鱼的表情令人难以忍受。鳃盖仿佛要撕裂一般拼命抖动，隐约露出的鱼鳃像一膛熊熊燃烧的炉火。不断张合的嘴巴渗出血丝，试图吸干空气中的每一丝水分，又像是在诉说着什么。这可怜的、没有手脚的哑巴，直到被活活憋死，都未能瞑目。男人用一把锋利的多功能刀熟练地给鱼去了鳞，然后开膛破肚，迅速扯出内脏。最后从鱼鳃处插进刀子，旋转鱼身，鱼头应声而落。整个过程不过二三十秒。银色的鳞片在阳光下折射出绚烂的光芒，一副内脏在空中划出一道完美的弧线落入大海，紧接着是鱼头。据说鱼的眼睛看这个世界是圆形的，那么这最后的二三十秒对它来说一定是天旋地转、匪夷所思的。

　　烈日下，苍蝇成群结队。我忽然感到无比无聊，便搭上了一辆公交车离开了海湾。晚上，安东尼又在滔滔不绝地谈论着钓鱼的经历，我说："我以后再也不去了，觉得无趣，鱼竿就送给你了。"林胖子第二次尝试做清蒸鱼却以失败告终，味道像一锅过度烹饪的鸡胸肉，他却非说是这次的鱼肉太老。

期末考试的前后

　　窗外，蓝花楹绚烂绽放，紫花烂漫如霞，而我却在深深的忧虑中静候考试的到来。于我这般时而自信能成就非凡事业，时而又担忧终将碌碌无为之人而言，学校有时确实是一种负担，而考试更是增添了压力，让我在困境中愈发感到不安，与学校的关系也因此变得复杂起来。众人皆沉浸在学习的氛围中，而我却在这压力下有些迷茫。安东尼几次钓鱼之后，也暂且放下了鱼竿。不知何时，林胖子竟又购置了一台台式机，花费两千大洋，我不禁对他此举有些微词，毕竟这胖子平时连一包方便面都要与我算得清清楚楚。两台电脑并肩置于床头，新屏幕上的小人儿仿佛身披金甲、威风凛凛，而旧的那台则稍显逊色，发出如吸尘器般的嗡嗡声。

　　我拨通了许久未联系的香港、澳门友人的电话，他们曾是在家乡男校女校中的佼佼者，受过良好的宗教启蒙，接受英语教学，品德高尚，不早恋、不酗酒、不欺诈、不窃取父母钱财，谦逊有礼，平日里同样忙碌充实。我与他们相约在图书馆相见，未曾想那里热闹非凡，宛如知识的集市一般喧嚣，只是无需付费。空气似乎也与平日不同，沉闷而略显黏稠，吸入后让人有些不适，难以畅快呼出。我在人海中艰难地寻找着他们的身影，而他们仿佛已在那里静坐许久，如知识的守护者。

我开始抄写他们的课堂笔记和练习题，抄至一半，便已感到心力交瘁，不仅憋气难耐，头脑也如被荆棘缠绕般胀痛，而我手中却无利器，否则便可坦然地停下笔来。后半段，我索性掏出手机拍照，宛如一名知识的采集者。无奈之下，我连一下午的学习都难以坚持。

夜幕降临，重头戏拉开帷幕。我与阿泰、大陆、安东尼以及几位伙伴相约在图书馆门口的流动咖啡车碰面。一叠历届考试试卷和标准答案映入眼帘，据说这些都是从考场或其他渠道得来，有的原版已破旧不堪，上面留下了数届学生努力的笔迹；有的则是复印品，字迹模糊，难以辨认。我们复印完所有资料后，郑重地口头约定保密协议，随后便如同打了胜仗一般，欢笑着去吃火锅。

夜晚变得格外漫长。过多的辣椒让我的胃疼痛难忍，如厕之后，臀部也遭受了一番不适。没有烛光的浪漫，也没有酒精的麻醉，只有惨淡的白炽灯和浓茶相伴。奥菲利亚静静地躺在我身后，脸色苍白，冷水逐渐侵蚀着她的表情，几个小时后，她便会从这个世界上消失。

三个小时的考试，八十道选择题，我仅用十五分钟便完成了。余下的时间，我四处张望，窗外的蓝花楹边开边落，紫花宛如未完全绽放的牵牛花，紫色的喇叭细长而美丽。微风拂过，天边的紫云飘荡，地上的紫海泛起层层涟漪，中间如紫雨般的花瓣片片飘落，美不胜收。然而，这一切并未因我的忧虑而有所改变。我偷偷瞥向左右两侧考生的试卷，从他们的表情中可以看出，他们至少是认真对待考试的。我将窥见的两套答案与自己的答案相结合，选出最佳方案填写在答题卡上。得益于身后印度朋友的"掩护"，尽管我频繁地伸长脖子张望，监考老师却始终不愿靠近，毕竟那股独特的气味并非人人都能忍受。若非我机智地将一块橡皮夹在鼻子与人中之间，模样虽略显古怪，如同一只可爱的老山羊，恐怕也会被这股气味所困扰。我深知这种行为并非正确，但在考试的压力下，我还是做出了错误的选择。今后，我一定会更加努力学习，以正确的方式面对考试，不再依赖这些不当的手段。

　　成绩公布，心情犹如坐过山车般跌宕起伏。令人遗憾的是，有一门课程未能通过；但欣喜的是，这竟是唯一一门不及格的科目。经济法，那门充满选择题的考试，竟奇迹般地及格了，想来近期运气着实眷顾于我。然而，这门课程的总成绩却因我的零出勤率而大打折扣，占总分百分之十的出勤分为零，再加上因未出勤而错过的百分之四十的论文分数，使得这门课最终留下了遗憾。

　　我在学校官网上寻到了系主任的邮箱，用心撰写了一封言辞恳切的邮件。信中，我详细叙述了这一学期以来家中与校外的种种艰难遭遇，恳请系主任能给予我一次补救的机会。这封邮件虽称不上佳作，但用词精准，结构严谨，态度谦卑至极，连我自己读来都为之动容。幸得上天眷顾，一周后，系主任回信，约我前往其办公室面谈。这封邮件，也成为我英语写作生涯中的巅峰之作，自此以后，我再未能超越此境。

与我想象中的不同，系主任是一位体态略显臃肿、呼吸稍显困难的老者。他的背带长得出奇，皮鞋略有变形，领结紧束，让人不禁觉得空气似乎都变得稀薄了几分。他不断地用手帕擦拭着汗水，听他讲话，我的表情也不由自主地变得凝重起来。我再次详尽地叙述了这一学期的种种不幸，尽管口语不算流利，但更显诚恳。系主任最终答应让我补交一份论文。我退出办公室，心中暗自窃喜。

白石已购得回国机票，若计划顺利，在半个月后的家宴上，他的家人将在微醺之时得知他在国外勤奋求知，额外选修多门课程以提升自己的消息。老爷子脸颊泛红，酒意渐浓，饭食未进多少，却一直在饮酒。他先是安静地聆听，带着一抹神秘的笑意，随后用足以让在座所有人听见的声音对白石说："只要你愿意学，我就供你。"叔叔伯伯阿姨婶子们也纷纷附和，表示他们早已知晓白石是个有志气的孩子。唯有孩子们不懂事，坐不住，四处奔跑嬉戏，偶尔撞疼了便哇哇大哭。按白石的说法，这是一件对三方都有益的事情：学校得以增收，他自己手头宽裕，父母在亲朋面前也倍有面子。我深感敬佩，衷心祝愿他一切顺利。毕竟，白石是我最亲密的朋友，对我慷慨大方，时常请我吃饭。

我拼凑了一篇论文交了上去，心中明知这是在敷衍导师，但仍抱有一丝侥幸心理。或许导师阅后也会觉得我是个糊涂之人，但无论如何，我都觉得值得庆祝一番。于是，我逐一打电话邀请，那些考试侥幸通过的朋友与我志同道合，而像白石这样未能通过的朋友，也觉得是时候举杯消愁了。大家想法一致，决定一起出来喝酒。我邀请了安东尼作陪，林胖子也破天荒地提出要一同前往。临行前，壮大的队伍让我们每个人都兴奋不已。

圆桌宛如一只巨大的玉盘，四周围满了欢笑的脸庞。菜肴上桌后迅速被一扫而空，这在每个人看来都是一笔划算的交易：一个人的饭钱却能品尝到二十道菜的美味。若你能再多喝两杯啤酒，也算是众人共同为你的欢聚买单。阿泰结账归来后向我们收钱，林胖子竟掏出一张信用卡，这让我颇为尴尬。因为除了安东尼和我，其他人对他并不熟悉，而此时的安东尼已借故离开，我的现金也只够为自己买单。阿泰见状，便说不用给了，林胖子有些不好意思，表示下回请我们吃饭。我深知在学习和生活中，我们应该更加努力和认真，以积极的态度面对挑战，而不是抱有侥幸心理。同时，也要珍惜与朋友们的情谊，共同成长，共同进步。

三个小时后，我在卡拉OK的洗手间，扶着马桶，胃中翻涌不止。呕吐声与隔壁阿泰的痛苦呻吟交织在一起，仿佛我们的胃里都承载着过重的负担，且色彩相近。泪水不由自主地滑落，从胃到喉咙，再到太阳穴，处处都能感受到灼烧般的疼痛。

走廊里，身着超短裙的姑娘们摇曳生姿。她们微醺着，脸上带着迷人的微笑。这些姑娘大多数出身优越，我们总能认出其中的几位熟人。墙上贴满了流行歌手的演出海报，色彩斑斓。每当一首歌响起，总有人忍不住呕吐。歌手旁摆放着两个长方形盒子，投入一枚金币，盒子会吐出一根吸管，吹气后，屏幕会显示距离安全驾驶还需二十个小时。

几个女生提议去跳舞，于是我们决定"转战"酒吧。白石在卡拉OK从不展露歌喉，但在马路上却判若两人，嗓音洪亮，如装了扩音器。女生们在马路上就开始热身，香水味浓郁，手包金光闪闪，戒指硕大，超短裙下摆摇曳，长发随风飘扬，高跟鞋高耸入云，如同电视塔一般。她们疯狂而自信，仿佛能驾驭一切。

周六凌晨的乔治大街被一层朦胧的灯光笼罩，宛如蒙上了一层薄纱。每个有酒的地方，空气都浑浊得令人不适。向西是唐人街，向东则是成片的热闹街区，向北不远处，漆黑的女皇雕像威严地坐在自己的商场前。一辆改装过的蓝色斯巴鲁呼啸而过，两个白人青年像兴奋的孩子一样从车窗探出头来，挥舞着手臂，向我们发出"嗷嗷"的呼喊声。对于听不懂的话语，我们总是以一句玩笑话回应。夜晚的乔治大街仿佛融合了每一条马路，我们如同一群充满活力的夜行者，昼伏夜出。无人知晓我们的目的地，但我们乐在其中。几杯烈酒下肚，仿佛已经度过了一段精彩的时光。

酒吧门口的保安是个身材矮小但肌肉发达的亚洲男子。他上半身比例独特，却长着一张温柔的面孔。稍微喝点酒就容易让人产生错觉。我们被拒之门外，因为被认为已经醉酒。白石理所当然地认为所有黑眼珠、黄皮肤的人都应该听得懂中文，于是开始用中文与保安友好交流，希望他能通融一下。然而，保安却很不耐烦，像是被提起了不愿回首的往事，说他不懂中文。白石又认为所有听不懂中文的亚洲人一定是在海外成长的华人，于是开始用英文友好交流。保安不想搭理我们，因为我们已经堵住了门口。白石突然变得严肃起来，开始滔滔不绝地说起英文，仿佛平时深藏不露。我从来不知道他的口语可以如此流利。保安跳过我们去检查下一拨人的年龄了。白石不依不饶地搂着保安的肩膀，像是多年未见的老友。保安一甩膀子，白石差点摔倒。紧接着，大家都不说话了，保安背对着我们。白石突然跃起，一记飞脚踢中了保安的后脑。我知道白石再打下去一定会吃亏，于是也冲了上去。这位亚裔保安终于和白石找到了一种特殊的"交流方式"——扭打在一起。其他人见状纷纷上前拉架，女孩们尖叫着，仿佛发生了一场意外。一个白人保安很快就制服了我。我不知道他用了什么方法，我一动也不能动，脸贴着冰冷而黏腻的地面，身上压着重重的身体，那力气仿佛要把我按进土里。我除了拼命喘气什么也做不了，两只胳膊像要被拽断一样疼痛难忍。

在女人的尖叫声中，我们终于解脱出来。我们必须在警察赶到之前离开，否则后半夜就只能在警局度过了。那里显然太亮，没酒，而且警车坐起来也肯定不舒服。白石还在大声嚷嚷着关于不同文化间理解的问题，态度坚决，即便警察来了也不怕。他认为这是一起需要更多理解和沟通的事件，即使被抓也不能受到不公正对待。安东尼说那个家伙也是亚裔，所以算不上严重的问题。白石却认为他生在国外却忘了自己的根在哪里，一句汉语都不会说还把自己当洋人看，这也是一种需要反思的现象。白石激动地向我们阐述他在酒后的这一种新思考，两只手在空中挥舞着，仿佛在跟这个世界讲道理。阿泰提议去吃点东西消消酒气，白石率先同意，直到肉上桌后才慢慢平静下来。

我在洗手间整理了一下满是泥土的衣服，走出来时，白石正在试图与隔壁一桌韩国人友好交流。他把刚才的事件扩展到了整个亚洲的范围，并认为这是一个值得思考的问题。他把一杯杯烧酒灌进肚子里，烧酒在肚子里转了一圈后，又化作大段大段的感悟从嘴里冒出来。韩国的海鲜饼和大酱汤虽然都很美味，但最好吃的还是那一大堆免费的小菜。日本菜太咸，需要吃很多纳豆来中和味道；泰国菜虽然好吃，但烹炸过度，调料太浓，失去了食物本身的味道；相比之下，越南菜就要好得多。不吃辣白菜的韩国人就不应该算作韩国人。所谓民族，这个东西归根结底是一种文化的凝聚，是传统的传承，是一种共同的情感纽带，是婚姻的最大化，是无边无沿的亲情联系，是比国家还要隐蔽和充满温情的存在。

韩国人的表情总是很生动，也不知道情绪是不是真的那么热烈；日本人太爱鞠躬，也不知道是不是真的那么谦逊。相比之下，中国人就显得比较自在洒脱。我们把白石拽回来划拳，再让他说下去没准儿又要和韩国人起争执。我们每个人伸出一只手，轮流喊数，喊中的人下家喝酒。白石一手捏着酒杯，一手攥着拳头，从头喝到尾。自己输的时候喝，别人输的时候他也陪着喝。

在饭店的走廊里跟跄几步后，门口的冷风一吹，白石马上就醉得不省人事了。我们打了半天车都没人肯载我们，毕竟白石看起来状态不佳。林胖子说自己喝多了要先走，我们决定把白石抬回阿泰家，那是我们能找到的最近的住所。安东尼搂着他的胳肢窝，我和另一个中国同学一人拽着他的一只脚脖子，其他人浩浩荡荡地跟在我们四周，像是在护送一位珍贵的朋友。绿色的行人信号灯亮起，我们穿过乔治大街。两侧的车辆灯光刺眼，打在我们身上，投下一串串长长的影子。我感觉头重脚轻，白石的身体变得异常柔软，像水一样要从我身边溜走，我只能拼命地拽住他，虎口勒得生疼。三只猴子酒吧门口，一帮西班牙人在抽烟，看到我们后问白石是否还好，我们说他喝多了，没事儿。他们又问要不要叫救护车，我们说他经常这样，没关系。西班牙小伙子的相貌都很俊美，说英文的口音也很动听，老天对他们不薄，西班牙的海鲜饭也非常美味。

步入萨赛克斯街，亚洲面孔渐渐多了起来。白石仿佛要向世界宣告自己的存在，又开始不停地呕吐。我们就像抬着一台漏水的搅拌机，无论是在马路上、红绿灯处、商店门口、树荫之下，还是电梯之内，白石都要从胃里漏出点什么液体，如同一只到处留下标记的小狗。最终，连阿泰家的洗手池也未能幸免，被他的呕吐物堵塞得严严实实。

一番迷迷糊糊地划拳与玩牌之后，直到体力不支，我们才将白石从卧室床上抬出，让几位女生能够安睡，而所有男生则横七竖八地躺在客厅的地板和沙发上。

清晨，不知何时，我被一位女孩轻盈的脚步声唤醒。身体仿佛达到了某种微妙的平衡，除了勉强支撑的大脑，全身无一处不酸痛，仿佛所有的肌肉都要离我而去。嘴里弥漫着一股恶臭，仿佛有某种生物在我的口腔中死去。起身漱口，洗手池的水缓缓渗下，留下一滩半干的棕色呕吐物，那场景着实令人作呕。脑袋嗡嗡作响，嘴唇内侧有一处被撞破，淤积着紫黑色的淤血。我在厨房洗了把脸，灌了几口凉水。女孩打开冰箱，里面除了啤酒、鸡蛋和辣椒酱，空空如也。她轻声细语地告诉我，她想吃葡萄。这一切仿佛如梦似幻，我便带她离开了。

天气晴朗，楼下的一幕令人难忘。几只麻雀在树下围着白石的呕吐物吃得津津有味，但愿它们不会因此"酒驾"。女孩名叫Lily，这个名字显然已被我们那本英语教材所"影响"，显得有些普通。但她的中文名字荔礼却异常动听，这奇怪的组合，如同《红楼梦》中的"袭人"一般，只有中国人才懂得其中的韵味。我们在一家素食餐馆喝了些粥，女孩食量小得像只猫咪，除了她对阿泰的喜爱之情外，一切都近乎完美。我告诉她，阿泰确实不错，但这位阿泰只对男人情有独钟。她笑着说我胡说八道，露出一排洁白如玉的牙齿，于是我索性编造了一通关于阿泰如何向白石表白，又如何被拒的"故事"，仿佛亲眼所见一般。饭后，我带女孩去超市买了葡萄，结账时，她还在追问我说的是真是假，我笑道："不信的话，你去试试就知道了。"

一先打来电话，告知我工作面试未能成功，第二轮面试后被老板婉拒。我能感受到他的沮丧，建议他等过完圣诞节再作打算，那时的工作机会或许会更多。他沉吟片刻，表示还是会继续寻找。挂断电话后，我连续往嘴里塞了几颗葡萄，碧绿晶莹，又脆又甜，且无籽可吐。

由于需要等待补交的论文成绩，我在这片土地上多逗留了几周。其间，朋友们陆续回国。我致电多家旅行社，发现常去的那家价格竟是行业内第二贵的，心中颇为不满。在回国从父亲那里拿到下半年的学费和生活费之前，我卡里的余额仅够支撑两种生活方式：要么在饭店享用美食，要么依靠方便面和酒度日。最终，我选择了换一家旅行社购买最便宜的机票，剩余的钱全部用来买酒，然后在朋友家轮流蹭饭。

圣诞节前夕，我再次致电一先，感觉他的情绪依然低落。询问工作进展，他回答说不太顺利。我提议他不如也回国看看，他说上次回去才半年。我又说那出来见一面吧，他却说改天再约。挂断电话后，我心中略感异样，想再打一个电话给他，但最终还是放弃了。孤岛的最大好处，便是永远不必担心迷路。

悲伤如同温暖的阳光，即使沉浸其中，每日片刻的感悟也足以慰藉心灵。次日清晨，一先便兴致勃勃地来找我。我们在唐人街附近的一家川菜馆共进午餐。那是一家两层楼的小餐馆，每层空间都不大。一楼设有简单的二人桌椅和厨房，隔着玻璃可以看到大妈戴着口罩包蒸饺的情景；二楼则是一圈圈半圆形的沙发，最小的桌子也有两张麻将桌大小。两面墙上钉着书架，摆满了杂志和漫画。餐馆里人声鼎沸，一楼十来张桌子座无虚席。我和一先占据了二楼的一张四人桌，点了啤酒，上海人对于微辣的菜肴总是显得格外兴奋。

一先开始讲述他的经历："前几天我看到一家中餐厅在招工，就在这附近的乔治大街上，你可能也去过。我前天晚上去试了工。"

"广告行业的工作暂时也没遇到合适的，不是要求有经验就是要有身份。我想说趁放假随便先找个工作干一干，锻炼一下，之后再慢慢打算。然后我就去试工了，从五点到九点。"

"晚上工作？"我问。

"废话，当然是晚上。那时候正是人多的时候，那饭店生意还挺红火。老板负责结账，前面就我一个人，点菜、上菜、下单、收碗筷、擦桌子，全都是我一个人忙活。虽然有些累，但主要是以前没做过，所以手忙脚乱的。"

"华人的地方试工哪有给钱的。"我说。

"你听我说。我就这样一直忙前忙后，进进出出的，一分钟也没闲着。大概是七点多钟的时候，后厨的一个师傅问我是哪里人，我说是上海人。他们就一起看一个阿姨，后厨的人还挺多。阿姨也是上海人，用上海话跟我打了声招呼后我又出去了，那时候真的特别忙。过了一会儿，我往后厨送盘子的时候，阿姨往我手里塞了一张折起来的餐巾纸。我又忙了许久，快九点下班的时候人没那么多了才有空看。"

一先从口袋里掏出一张餐巾纸来。上面有三行字，没有标点，看得出写得很匆忙："赶快走吧，他不会用你的，每天都是白试工。"除了说一句"我勒个去"，我实在不知道该如何回应。

小笼包终于上桌了，热气腾腾，香气扑鼻，非常烫嘴。

我能够理解一先昨天为何有些难过，但我认为不必过于介怀。我将小笼包盛在勺子里，边吹边说："别想太多了，我刚到这边那会儿没几个月，有一次在红番车站等火车。那天人不多，站台对面有一对中国情侣，也可能是夫妇，反正不年轻了。"说完，我用那张写着字的餐巾纸擦了擦油腻的嘴巴。一先愣了一下，但也没说什么。

一位相貌清秀的女服务生穿着暗红色的围裙来回穿梭，看上去与我们年龄相仿。她梳着一条染成深棕色的马尾辫，左右摇摆，说话的声音悦耳动听。她不时地用手背擦一下额头上的汗珠，显然这家中餐馆也人手紧缺。忽然间，我想起了粉先生在二十多年前的那段关于小费的著名演说，但这里并非美国或欧洲，而是一座孤岛。这里是一个既不热衷于巴洛克，也不醉心于超现实的自然社会，拥有一流的剧院却没有一支像样的乐团。这里对各种艺术都抱有亲切的好感，功利主义深入人心，伤害大多源自毫无恶意的鲁莽。这里是一个充满生机与活力的地方，也是一个缺乏教养但又天性善良的顽童的乐园。

吃完饭后，我们又窝在沙发里看了一会儿杂志。餐馆里的人渐渐少了。等我们出来的时候，马路上人潮涌动。两个穿着醒目的圣诞老人服装的印度兄弟戴着雪白的假胡子，拿着写有"圣诞道具清仓甩卖"的广告牌站在路口两侧，朝过往的车辆挥手致意。尽管他们的装扮略显滑稽且有些疲惫，但那份热情与执着却令人感动。他们仿佛是从遥远的罗瓦涅米徒步走到了加尔各答，只为在这圣诞节期间为人们带来一丝欢乐与温暖。两只红色的三角帽虽然软趴趴地垂着，但那份节日的氛围却愈发浓厚。

这里没有北半球大雪纷飞的景致，也缺少连指手套与呵气成霜的浪漫，唯有零上四十度的炽热。金色沙滩绵延，烤虾香气四溢，轻风拂过，人字拖的节拍在街巷中回响。圣诞老人的形象在此处变得诙谐，一身红袄，若是骆驼穿上，恐怕也难逃中暑之险。空气中虽有汗水的气息，却也夹杂着节日的欢愉。

汽车上，海绵制成的鹿角与红鼻子装饰，增添了几分节日氛围。花坛间，牵牛花与圣诞花争奇斗艳，竞相绽放。巨大的圣诞树由泡沫与塑料精心打造，彩灯闪烁，宛如夜空繁星。树下铺满洁白的假雪，梦幻而温馨。人们脸上洋溢着笑容，手中提着沉甸甸的购物袋，欢声笑语不绝于耳。

这圣诞氛围虽略显喧嚣，却充满活力与热情。人们仿佛被节日的魔法吸引，纷纷慷慨解囊，享受购物的乐趣。打折浪潮席卷各个商场，西田购物中心门前，凌晨时分便有人排队等候。梅耶百货的试衣间人潮涌动，男装部内，男士们或试衣，或闲聊，热闹非凡。

餐具、吸尘器、电水壶、榨汁机……货架上的商品被一扫而空，仿佛每个人都在为即将到来的新年做着充分准备。在这购物狂潮中，不同肤色、不同文化的人们汇聚一堂，共同庆祝这个节日。

中东女性身着黑色长袍，头戴黑色头巾，推着名牌婴儿车，在珠宝店前驻足挑选。白人母亲或许有些紧张，但仍抱着最小的孩子试穿高跟鞋，其他孩子在长兄的照顾下嬉戏打闹。亚洲女子在奢侈品店前排起长队，耐心等待进入店内选购心仪之物。印度家庭如同迁徙的鸟群，无论走到哪里都形影不离，老中青三代穿着各异，却都洋溢着幸福的笑容。

商场的休息区，各国男士或坐或卧，享受着片刻的宁静与放松。咖啡馆内人满为患，却也洋溢着温馨与惬意。

而我，在班主任高抬贵手之下，终于踏上了前往史密斯国际机场的旅程。

回　国

　　"为确保您的旅途平安顺遂，请尽早熟悉安全指南。"飞机上广播播出这段话的那一刻，一丝莫名的凉意悄然涌上心间，仿佛在预示着某种未知，这感觉着实不太妙。每次搭乘飞机，那份对飞行安全的隐隐担忧总是如影随形，令我心中暗自忐忑。

　　我的座位紧挨着紧急出口，甫一落座，一位笑容甜美可亲的空乘便优雅地向我走来。她耐心细致地向我讲解了坐在这个位置所肩负的责任，并递上一份简洁明了的应急指南。我匆匆扫了一眼，只见图中人物身着绚丽多彩的服装，动作规范且从容不迫，与我内心的慌乱形成了鲜明的对比。我深知，面对紧急情况，我或许难以如他们那般冷静果敢，但我仍默默祈祷，愿一切安好。

　　我并非一个毫无私念之人，面对危机，我能否如指南所示那般冷静配合，发挥主人翁精神，我深感疑虑。脑海中浮现出空乘惊慌的画面，我不禁萌生出调换座位的念头。然而，出于种种考虑，我最终选择了保持沉默。

　　飞机在云层中平稳穿梭，偶尔的颠簸如同轻微的震颤，让人心中略感不安。我曾无数次想象，那紧急出口在关键时刻是否能够顺利开启，但理智告诉我，这样的念头实属多余。于是，我翻开书籍，向空乘要了两瓶啤酒，试图借酒精助眠。然而，那啤酒的味道却平淡无奇，令人略感失望。

　　餐食送来时，摆在我面前的是米饭和老虾，虾肉干瘪，口感如同嚼蜡。绿叶菜也显得毫无生机，仿佛早已失去了生命的活力。我深知，在高空失压的情况下，安全带的重要性不言而喻，它能在关键时刻保护我们免受伤害。然而，当我看到周围许多人并未系紧安全带时，我不禁为他们感到担忧。

　　回到地面，我穿梭在热闹喧嚣的城市之中。人民大街两旁，松树傲然挺立，车道纵横交错，过马路确实是一件颇具挑战的事情。我频繁地与亲友相聚，尽情享受着这难得的团聚时光。然而，一场突如其来的同学会却让我感到有些不知所措。昔日的班主任已无法像从前那样管束我们，而前女友的出现更是让我心中百感交集。

　　机缘巧合之下，我与一位多年未见的小学同学取得了联系。他曾是我儿时的挚友，如今在日本留学，才华横溢，气质非凡。我曾受他影响，养成了爱洗手的好习惯。然而，当我们再次相见时，我却发现他的热情似乎并不在我这里。与他说好，让他在楼下的咖啡厅等我，而我却在楼上的夜总会意外地遇见了他。他的手依旧干净整洁，但已失去了儿时的那份独特魅力。

这次重逢让我深刻体会到，流逝的岁月带走了许多东西，包括我们曾经的纯真与梦想。但无论如何，我们都应珍惜眼前的每一刻，积极勇敢地面对生活中的每一个挑战。

我精心挑选了一盒茶叶，满心期待地准备前往北京探望年事已高的老爷子。那些茶叶被细致地封装在小巧的袋子里，对于它们的品质，我虽未能全然洞悉，但那茶叶盒却着实是个不可小觑的精品。实木的材质，红漆的涂层，再配上黄铜锁扣，不仅显得古朴典雅，更有着沉甸甸的质感，仿佛承载着岁月的沉淀与故事。

老爷子已近花甲之年，脾气却依旧如熊熊烈火般炽热。或许是因为身体日渐消瘦，他的脾气似乎愈发火爆，就如同烈火中的干柴，稍有风吹草动便一触即发。前不久，他与那位比他年轻二十岁的妻子在家中起了争执，一个不慎滑倒在地，竟摔断了大腿，实在令人唏嘘不已。相比之下，老太太的境遇则更为坎坷，让人不禁心生怜悯。

我乘坐着地铁，穿越城市的喧嚣与繁华。一个小时后，终于抵达了老爷子的家。他挂着双拐为我开门，那身影宛如一件挂在衣架上的旧背心，带着几分落寞与无奈。我假装埋怨他的断腿，试图用轻松的氛围化解彼此之间的尴尬。然而，这话题终究未能持续太久，就如夜空中转瞬即逝的流星。

餐桌上摆满了清淡的饭菜，这是我们家族遗传下来的饮食习惯。糟糕的脾气与糖尿病的双重困扰，如同沉重的枷锁，束缚着家族中的每一个人。小姨还未上桌，我们爷俩就已经快要把第一瓶二锅头喝光了。桌上唯一明显减少的菜肴只有花生米，仿佛它们也在默默见证着我们的对话与争执。等小姨开始给那个年幼的妹妹喂饭时，第二瓶二锅头也已见底。

酒过三巡，我们爷俩开始各抒己见，却渐渐发现彼此的观点大相径庭。他埋怨我花钱大手大脚，不知节俭；我则觉得钱总是不够用，生活处处需要开销。他抱怨我妈对我疏于管教，未能尽到为人母的责任；我则反驳说我妈根本无法约束我，我有自己的想法与选择。他哀叹自己的公司即将破产，前途未卜；我则提议他应该多帮帮我，毕竟我也在努力奋斗的路上。我们的声音越说越大，到后来已经完全听不清对方在说什么，只是在比拼谁的嗓门更高，仿佛两只斗气的公鸡。

最终，老爷子想起了这是他的家，他愤怒地让我离开。我穿好衣服和鞋子，心中虽有委屈，却也明白老爷子的脾气。小姨在一旁不停地劝解，但老爷子依旧不依不饶，对我指责不断。

我躺在酒店的床上，口干舌燥，空气中弥漫着酒店特有的霉味和消毒水味。它们与我体内的酒精似乎起了化学反应，让我感觉头晕目眩，嗓子仿佛被火烤过一般难受。我冲了个澡，试图缓解这种不适。热水洒在身上，仿佛在洗涤着我的疲愈与烦恼。拉开窗帘，一扇油腻腻的灰色纱窗隔在我与星辰之间。一只蛾子如同勇敢的战士般落在纱窗上，扑扇着翅膀，似乎在探索着未知的世界。几只蚊子则静静地躺在那里，不知已逝去多久，它们的生命仿佛在诉说着时光的短暂与无常。

我仰望着夜空，几颗星星在黑暗中闪烁着微弱的光芒。虽然它们并不耀眼，但却让我感到一丝宁静与安慰。在这广袤的宇宙中，我们都是渺小的存在，而那些星星就像是远方的灯塔，为我们指引着前进的方向。我拉上窗帘，将世界缩小到十五平方米的空间里。我打开电视机，盯着屏幕上那些没完没了的广告发呆。虽然它们有些无聊，但我的头晕却因此缓解了许多，心情也逐渐平复下来。

接下来的几天里，我像一只迷失方向的蝴蝶，在北京的大街小巷中漫无目的地游荡。前门的古老建筑散发着历史的韵味，什刹海的湖水荡漾着宁静的波光，鼓楼大街的喧嚣与热闹让人感受到生活的活力，各个胡同则如同一幅幅古老的画卷，展现着岁月的痕迹。那些来自四面八方的异乡人让我感到一种莫名的安全感，仿佛在这个陌生的城市里，我们都是彼此的陪伴。

我跟随着一群戴着小黄帽的游客，听着举着雨伞的小姑娘滔滔不绝地讲解着各种历史故事和文化背景。从福建团到上海团，从山东团到四川团，我见证了来自不同地域的游客们对这座城市的热爱与向往。西藏人的温柔如同雪山下的清泉，流淌在人们的心间；苗族服饰的华丽犹如盛开的花朵，绽放着独特的魅力；那些我听不懂的方言都让我感受到了这座城市的多元与包容。最终，我把那些游客送上了返回的车厢，然后跑到棉花胡同蹲坐在路边欣赏着成群的美女。傍晚时分，我再次回到老爷子家与他讨价还价，试图找到一个彼此都能接受的解决方案；夜晚时分，则与朋友在簋街吃小龙虾，尽情玩乐，享受这难得的欢乐时光。

五天后，我带着与老爷子谈妥的价钱和一点轻微的风湿病离开了北京。老太太已经从南方归来，她的皮肤被晒得又黑又干枯，额头上布满了淡淡的皱纹，法令纹也显得又深又重。岁月就像一台无情的抽水泵，抽走了她的青春与活力，但却无法抹去她眼中的温柔与善良。见到我时，她依旧露出了开心的笑容，那笑容如同冬日里的暖阳，温暖着我的心灵。

她的话语不断，充满了对我的关心与牵挂。尽管我从小就不太出色，但老太太从未介意过我的表现。她只希望我能够保持活力与热情去面对生活，勇敢地追求自己的梦想。我向她编造了一些关于周围朋友的好事来哄她开心，而老太太那温柔的模样似乎早已识破了我的谎言，但她却没有揭穿我，只是微笑地看着我，眼中满是慈爱。她关切地询问我是否有对象，我则轻松地回答说女生多得是，不用着急。在我心中，爱情需要缘分，而我相信，在未来的某一天，那个对的人一定会出现在我的生命里。

Heroes or Ghosts

当我再度踏上这座宛如庞大孤岛般的城市时，太阳正肆意地挥洒着它那炽热的热情。从航站楼缓缓走出，一股汹涌的热浪猛地袭来，仿佛要将我卷入这无边无际的热烈氛围之中。我急忙钻进出租车，车内外的温差之大，让人不禁感叹天气的反常。天空晴朗得让人心中隐隐不安，一丝风也没有，万物似乎都被晒得失去了往日的活力。

沿途的树林郁郁葱葱，它们以惊人的速度蓬勃生长着，仿佛连自己也无法预知未来的模样。所有的树木都呈现出一片浓郁的绿色，但那绿色之中却夹杂着一丝焦黄，透出一种灰呛呛的孤岛气息，既炎热又荒凉。每一棵树都显得格外努力，它们不仅汲取着水分，甚至将脚下的沙石土壤也努力吸收进自己的身体，以至于有些树四季都在不断地落叶。那白千层的树芯，热得仿佛足以烫死小小的蚂蚁。

回到家中，一股浓烈的杀虫剂气味扑鼻而来，让我感觉自己仿佛走进了一个巨大的陷阱，又或者是被当成了需要被消灭的虫子。林胖子已经从内蒙古归来，手中多了一把扇子，上面用楷书写着"清风徐来"四个大字。他的姿势依旧那般慵懒，仿佛从未离开过那张床垫子，时间在这间屋子里仿佛失去了原本的意义。

我惊讶地问他是否疯了，他则愤愤地告诉我，蟑螂已然泛滥成灾，连微波炉显示时间的小屏幕里都能见到它们的身影，更不用说洗碗机、垃圾桶和烤箱了。如果再不采取措施，我们迟早会面临无处可住的困境。我把行李拖进房间，打开窗户，希望让这股刺鼻的气味尽快散去。奥菲利亚（或许是指家中的某种植物或宠物）显然已经失去了生机，我可不想与这些蟑螂同归于尽。

整个下午，我顶着烈日和困意，在街道上闲逛。阿泰、大陆、白石他们都还没有回来，我感到无比的无聊与孤寂。路过希腊老头的饭店时，我发现里面空无一人，他甚至连空调都没有开，热得仿佛在用整间屋子烤鸡一般。我随便吃了点东西后，给一先打了个电话。得知他已经找到了工作，我感到既惊讶又高兴。他迫不及待地告诉我他要来找我，我欣然应允。

当一先到来时，天色已晚。他一进屋就问是谁要自杀，我无奈地告诉他是因为虫子太多。他毫不在意地躺在我的床上，翻看着我从国内带回来的小说。而林胖子则在客厅扫出了一簸箕的蟑螂尸体。做饭已经是不可能了，就算把房子点了也只会充满杀虫剂的味道。于是我们决定去附近的一家泰国餐厅用餐，林胖子懒得动，让我帮他带点吃的回来，我开玩笑地说要吃炒蟑螂。

一先的新工作是在一家华人的媒体公司做策划。面试过程异常严格，职位听起来很吸引人，但工资却少得可怜，实习阶段的工资更是少得让人难以接受。他需要做的工作更像是一个保姆。我安慰他以后找工作会更容易些，但他似乎已经沉浸在新工作的喜悦之中，仿佛离自己的梦想又近了一步。点菜前，一先坚持要请客，我问他是不是又带着睡衣来了，他笑着点了点头。于是我也没有客气，点了三荤一素。

上楼前，我顺便看了一眼信箱，发现里面塞满了信件，全都是账单和广告。在这个时代，除了想要你掏钱的人，几乎没有人会给你写信。我把一摞信件和一份泰式炒饭摔在餐桌上，埋怨林胖子回来一个多星期也不看一眼信箱。他头也不抬地应了一声，继续专注于他的电脑。这个死胖子，只要有方便面、可乐、那两台破电脑和他的床垫子，现在又多了一把扇子，就算是诺亚方舟来了他也不会上去。

一先趁安东尼还没回来，在他房间住了几天。我们把他电脑里的电影看了个遍，林胖子兴奋得像发现了宝藏一般。而我则开始规划下学期的课程，这可不是一件简单的事情，甚至可以说是我整个大学生涯中最重要的一项工作。我需要综合考虑身边那些优等生、能搞到各种资料的"特务"以及能陪我偶尔上课的家伙的选修课情况。在这个过程中，我要对这些人的重要性、能力以及与我的私人关系等进行综合考量。同时，我还要考虑课程的时间、难度、考试与论文的配比度以及我的生物钟等因素。经过一番努力，我终于得出了一个可实际操作且最理想的课表，相信接下来的半年我会过得很轻松。

白石在他父母那里表现出的好学显然得到了回报，他趁着回国的机会去了趟日本。这个幸福的家伙回来后带着一堆价值不菲的衣物和饰品，其中一副镜框就价值九百美金。我试了试，发现看东西确实更加清晰了。

"从人力车到马车，从马车到出租车，从出租车到自动开门的出租车。"白石整晚都在阐述他从日本带回来的资本主义真谛。我环顾四周，发现只有我们两个中国人，剩下的几桌全是外国人。"除了掏钱你几乎不用动，但下了车却要不停地点头哈腰，像只啄米的老母鸡。对司机一眼都不能多看，看一眼就要互相鞠躬行礼，到最后一点力气都没省。哪像我们，甩了门就走，司机为了下一个客人恨不得你能从车上跳下去。"白石又要了一瓶红酒。

白石像喝啤酒一样灌了一大口红酒，我除了傻笑也不知道说什么好。每次他从国内回来都会有一段癫狂期，这次又加上了日本之行，癫狂得格外严重。

"你别看我爱花钱，但我想得可多呢。"白石替我往杯里添了点酒，脸上的笑容一看就是喝多了。"我们为了物质生活的合理性，有意或无意地放低了精神的准则，或者说道德的准则。比如说夜总会的洗手间里专门给你递毛巾的服务生。资本主义会说这是提供了就业机会，但归根结底这是不道德的。这世界上没有人需要在洗完手以后让别人把毛巾递给自己，任何一个人也都不是为了给别人递毛巾而生下来的。这是人类对自己的亵渎。假如我们训练一只猴子去做那样的事情，动物保护主义者会脱光了衣服举着牌子抗议，但我们对自己训练了同类去做那样的事情却无动于衷，认为理所应当。因为我们付了钱，甚至还给了小费。这就是我们这个时代的皇权思想。善良是因为我们降低了道德的标准。"

白石摆弄着他在日本新买的十字架项链，不难看出那是个高档货，通体由银子打造，四个方向都饰有美丽的哥特花纹，中间一颗椭圆形的红宝石像是杯中的红酒在轻轻摇曳。我感觉有点喝多了，捏着白石的十字架项链说哪天给我戴戴。白石摘下来就套在了我的脖子上，像是在给我授勋一般。

我俩就这样各怀异心地聊了整个晚上。白石的癫狂症直到几天后阿泰带着凤梨酥回来才渐渐恢复正常。那凤梨酥真是美味至极，还有榴莲糕、老婆饼以及阿泰妈妈亲手烘制的奶油饼干，都散发着来自宝岛的独特味道。大陆则带着两瓶茅台和五条"黄鹤楼"牌香烟心惊胆战地过了海关。七天后他买了一辆二手的福特车，从此展开了他的公路之旅。他带着女朋友几乎逛遍了这座城市里所有的购物中心，无论什么时候给他打电话他都在开车。我把项链还给白石时，他送给我一颗黄铜的子弹吊坠作为回礼。"这是我以前在上海买的，链子断了，你想戴的话就再配根链子，不戴就拿着玩儿。"吊坠是仿毛瑟步枪的子弹样式，沉甸甸的，蒙着一层暗金色的光，上面刻着一行英文"Heroes or Ghosts"，十分漂亮且富有深意。

《赫索格》

众人归来之后，我们的生活再度充满了欢声笑语。尽管日子平凡，却处处洋溢着无尽的乐趣。白天，我们沉浸于知识的浩瀚海洋，汲取养分；傍晚时分，便相聚一堂，共同分享啤酒与梅菜扣肉的美味盛宴。采用AA制的方式，既公平又温馨，让每个人都能尽情享受这美好的时光。餐后，我们与南洋友人一同引吭高歌。他们的语言能力令人赞叹不已，精通英语、粤语、普通话、闽南语及马来语等多种语言。各类歌曲皆能信手拈来，歌声悠扬婉转，仿佛能穿透灵魂，在空气中久久回荡。当嗓音略显疲惫之时，我们转而融入白人朋友的圈子。女士们与来自巴西、意大利或美国的青年翩翩起舞，身姿轻盈优美，如同翩翩起舞的蝴蝶；男士们则竞相请客，一轮又一轮地举杯畅饮龙舌兰，直至尽兴而归。夜深人静，我们仍意犹未尽，前往韩国餐馆享用夜宵，品味烧酒的醇厚滋味。人群在聚散之间流转，新面孔带着或清醒或微醺的笑容加入，为这夜晚增添了几分不可预知的魅力。

偶尔，身体的疲惫与不适会让我的体重在短日内波动，犹如风雨中的浮萍，飘摇不定。某个阴沉的午后，我沉睡许久。醒来后数次尝试饮水，却终因不适而吐出，直至胃中空空如也，只余一片清澈。这份饥饿感，却也成了另一种形式的清醒，让我更加珍惜健康的身体。

此时，那位慈祥的希腊老者正忙碌于他的薯条小摊。他将切好的薯条轻轻倒入网筛，把剩余的细心包裹好，放回冰柜。待油温达到合适的程度，他便将网筛缓缓浸入油中，薯条瞬间发出悦耳的声响，仿佛在演奏一曲欢快的乐章。老者用围裙轻轻擦拭双手，与我闲聊起来。他提及自己即将回归希腊的旅程，那是他阔别十五年的故乡，那里有他年迈的姐姐在等待着他。我询问他是否还会归来，他笑答当然，仿佛我的问题充满了稚气。原来，下个月是他的生辰，小儿子特意安排他回乡度假。两个月后，他便会带着满载的回忆重返此地。老者边说边轻轻晃动网筛，待薯条金黄酥脆，便将其倒入保温盘中，撒上调味粉，香气扑鼻而来。我望着他那因喜悦而显得平和的秃顶，深邃的棕色眼眸中闪烁着智慧的光芒，颤动的胡须与圆润的鼻子，不禁想起了古希腊的智者苏格拉底。我仿佛能感受到他心中对地中海的向往，对克里特岛上橄榄油香气的怀念。手捧一包热腾腾的薯条，我仿佛也汲取了这份力量，重新振作起来。

电视屏幕上，有限的频道播放着各式各样的节目。一位肌肉健硕的男士正在热情洋溢地介绍健身器材，展示着力量与健康的魅力；一位英国女士则优雅地演示着巧克力蛋糕的制作过程，每一个步骤都充满了艺术的气息；而一群巴基斯坦人则在安静地享受着板球的乐趣，这项冗长的运动对他们而言，或许正是心灵的慰藉，让他们在忙碌的生活中找到一片宁静的港湾。在这个时代，人们似乎已不再热衷于为电视付费，因为精彩的内容已不再是稀缺资源。最终，我的目光定格在一档减肥比赛的节目上。那些勇敢的参与者正以各种方式挑战自我，他们的坚持与努力令人动容。我转头看向身旁的林胖子，他正大口大口地品尝着薯条，那份专注与投入，仿佛是在守护着自己的宝藏。我相信，他一定能找到属于自己的健康之路。

至于那本《赫索格》，我曾因对它的名字充满好奇而购入。它既是人名也是书名，这份神秘感让我心生向往。书中夹着的银行流水单，是安东尼的。我偶然发现我的房费竟比他高出三分之一，尽管我的房间面积小了一半，还缺少独立的卫生间。这份发现虽让我略感失望，但也让我意识到，生活中的许多事情，往往并非表面所见那般简单。我将流水单放回安东尼那常年拉着窗帘、昏暗如抽屉般的房间，心中暗自思量，或许，我们都该学会在有限的条件下，寻找属于自己的幸福与满足。

林胖子与安东尼，他们虽各有不同的生活方式，却都在用自己的方式，填满着生命的每一刻，拒绝无聊，追求着内心的充实与快乐。而我，也在这份喧嚣与宁静交织的生活中，找到了属于自己的节奏与方向。

嘉年华

　　复活节的脚步悄然临近，商场的橱窗与超市的货架被各式各样的兔子造型装点得生机勃勃，充满了节日的气息。而我，也在这春意盎然的时节，萌生了为自己寻觅一个新居所的念头。漫步于唐人街附近，我走进一家狭小却温馨的报刊店。店内挤满了专注填写彩票的老人们，他们一笔一画，认真而专注，仿佛在勾勒着对美好生活的憧憬与向往。我不禁遐想，倘若将这些投注于彩票的热情转向赌场，那叮当作响的有轨电车只需十分钟便能将他们带至一个充满未知与刺激的世界。那里，或许能更好地激发智慧，预防疾病吧。当然，这只是一个稍显荒诞的念头罢了。

　　我在中央车站外的小公园寻得一处静谧的长椅坐下。巨树参天，阳光透过层层叠叠的绿叶洒下斑驳的光影，宛如一幅美丽的画卷。树下则铺满了如油漆般的鸟粪，几只白鹭在垃圾箱旁悠闲地踱步，翻找着食物。它们细长的黑嘴在阳光下闪烁着，显得格外引人注目。斜对面的长椅上，一位流浪汉正安然入睡。他的脚边堆着一个破旧的黑色旅行袋，书包则成了他临时的枕头。身前放着一个透明的一次性饭盒，里面散落着几枚硬币，那是他在这座城市中的微小依靠。

我翻开手中的中文报纸，映入眼帘的是各式各样的信息。白人议员的照片周围环绕着密密麻麻的汉字引语，我无从知晓他们是否真正理解了这些话语的含义。而一家律师行的广告则占据了整整半个版面，一排律师的照片如同议员般庄重，他们脸上挂着略显僵硬的微笑。我不禁好奇，他们的内心究竟在想些什么呢？难道这个世界上的善恶真的只是个人能力的较量吗？相比之下，房地产商们的笑容似乎更加真诚，他们或许已经收获了成功的果实。

继续翻阅报纸，我看到了许多生意转让的广告，它们如同冻豆腐般紧密相连。而相亲广告则如同市场上的骆驼交易，充满了生活的气息。我仔细浏览着每一条租房信息，市中心的房租高昂得令人咋舌。我的预算似乎只能让我在城中找到一个带有全封闭阳台的房间。我瞥了一眼对面那位睡得正香的流浪汉，心中不禁生出几分感慨。他的生活虽然简陋，却似乎也别有一番滋味。

我开始四处看房，但大多数房间都让我感到压抑，仿佛置身于监狱之中。一个北京口音的房东向我展示了他精心改造的阳台。那是一个室内设计师用玻璃和胶合板打造的奇迹。一个阳台被巧妙地隔成了五间小屋，每间都配备了门把手、单人床、书桌、台灯、简易衣架、马桶、洗手池和镜子。它们紧密相连，秩序井然。我轻轻地敲了敲墙板，那空旷而骇人的声音如同一个无情的告密者，让我感到窒息和恐慌。我慌忙逃离了这个地方。

一楼大堂里，一位衣着朴素、趿着蓝色塑料拖鞋的大妈正在售卖包子。空气中弥漫着浓郁的韭菜香味，为这略显单调的空间增添了几分生活的气息。

安东尼带着厚厚的钓鱼手册回来了，林胖子则开始用两台电脑同时打游戏。我白天像只慵懒的猫，晚上则像只机敏的耗子，整天不在家，一到周末就忙着看房。对于搬家的原因，我只轻描淡写地说这一带治安不好，再住下去迟早会遭遇不测。这并非危言耸听，我认识的人中几乎都有过类似的经历，而我不过是侥幸逃脱的漏网之鱼。为了安全起见，我晚上出门时总是带着一把多功能钢刀。它静静地躺在我的腰间，只需一秒便能抵达我的右手。幸运的是，我从未使用过它，我甚至不知道在那种情况下我能做些什么，但它的存在似乎给了我一种莫名的安全感。

大陆提议星期天一起去参加复活节嘉年华，这个提议得到了所有人的响应。于是，我们破天荒地在周六晚上清醒地回到了家中。晚上九点，我感到饥肠辘辘，家里只有大米和鸡蛋，我懒得再做饭，尤其是当林胖子也告诉我他饿了的时候。我跑到楼下，发现希腊老头的店还亮着灯，没有客人。他正背对着门搬运着什么东西，他的跛腿让他在行走时显得有些吃力。那是一大桶色拉油。我喊了一声"老家伙"，他转过身来，手里仍紧紧地抓着那只铁皮桶，脸上露出一大块淤青。

原来，在星期四的晚上，他的店遭到了两名年轻人的打劫。两名白人男子在他准备打烊时进入店内，点了一大堆食物。当东西打包好后，他们跳进柜台洗劫了老头的抽屉。一人装钱，一人用胳膊扭住老头的胳膊，刀抵在他的后颈上。老头被按在墙上，喘着粗气，笨重的四肢由于这突然的扭曲而承受着极大的负荷。钱很快就装完了，装钱的男子先走出柜台，拿刀的男子把老头狠狠地推向L形的柜台死角。老头的两条腿完全失去了作用，摔倒在地，脸撞在不锈钢柜门上。等再站起身时，两个男子早已消失在黑暗中，连打包好的食物也被他们带走了。

警察的到来与询问只是耽误了老头亟须的休息。他们做了一大堆笔录后，给了他一张带有编号的纸条便满意地离去。他们告诉老头这些年轻人应该是吸了毒，这似乎是这案件唯一的进展与突破。老头攥着那张像彩票一样的纸条目送着他们离去，一切仿佛都已尘埃落定。他淤血的右眼如同沟壑中的一潭红水，令人触目惊心。他撩起松垮垮的裤子向我展示他的小腿，上面满是淤青，就像一条死了很久、从鳞片中渗出鲜血的鲤鱼。

我安慰了老家伙几句后匆匆离去，空气中弥漫着一股淡淡的栀子花香，几步之后又消逝得无影无踪。黑，似乎从来都不只是一种颜色，它更象征着未知与挑战。而我，将带着这份对生活的热爱与勇气，继续前行。

节日的欢愉，从踏上火车的那一刻起，便悄然弥漫开来。一群群孩童在狭窄的过道中欢快地穿梭嬉戏，仿佛将火车化作了一列穿梭于梦幻与现实之间的神奇过山车。他们的脸颊上绘着五彩斑斓的蝴蝶图案。稍大一些的孩子们，有的与家长轻声交谈，分享着内心的小秘密；有的倚窗远眺，那份故作成熟的姿态中，透露出对这个广阔世界的无限好奇。一个小男孩站在我前方的座位上，不时向我眨巴着眼睛，做着滑稽的鬼脸。我报以微笑，他便羞涩地躲了起来，片刻之后，又悄悄探出头来，那双淡绿色的眼眸如同两颗晶莹剔透的薄荷糖，闪烁着纯真的光芒。

嘉年华现场人山人海，热闹非凡，仿佛所有人都在这特殊的日子里获得了新生。我与阿泰、白石，以及众多新老朋友在入口处汇聚一堂。一先已先行抵达，而大陆却因驾车而来，尚在路上徘徊，似乎驾车已然成了他唯一的出行选择。在短暂的等待后，我们决定先行步入这片欢乐的海洋。

对于这片游乐场，我早已熟稔于心，每一次的到来都如同重温儿时的美好记忆。那些装扮成贵妇的大白鹅，优雅而高傲；憨态可掬的兔子，活泼又可爱；毛发如砂岩般粗糙的绵羊，散发着质朴的气息；还有那佩戴着蓝色绶带的公牛，威风凛凛。马儿在工人的精心打理下，鼻息间喷发出阵阵热气，它们披上华丽的毯子，仿佛即将踏上盛大的舞台，展现自己的风采。空气中弥漫着新鲜的粪味与干草香，那是大自然最质朴的气息，让人感受到生命的真实与纯粹。母猪侧卧在圈里，一群花斑小猪在旁欢快地跳跃，它们尖尖的蹄子如同女孩初次穿上高跟鞋般笨拙而又可爱，让人忍俊不禁。

驯狗表演精彩绝伦，狗狗们在驯兽师的指挥下，做出各种高难度的动作，令人惊叹不已；搬石头比赛紧张刺激，参赛者们全力以赴，展现出顽强的毅力和力量；沾满番茄酱的炸香肠香气扑鼻，让人垂涎欲滴；半米长的热狗更是让人眼前一亮，仿佛是美食世界里的巨无霸。漫天飞舞的气球如同梦幻的精灵，小丑夸张的笑容则为这个欢乐的世界增添了更多的色彩。农作物在这里被赋予了超乎寻常的生命力，巨大的南瓜如同史前巨兽身上的肉瘤，令人叹为观止。我仿佛置身于一个充满异域风情的吉卜赛营地，帐篷、房车、煮玉米、冰激凌、垃圾桶、土耳其卷饼摊，还有那水烟壶般的饮料瓶，每一处都散发着独特的魅力。大陆终于在停车场找到了车位，而我们这些先行者已渐渐分散在各个角落，尽情享受着各自的乐趣。

我与一先、白石轮流挑战着射击游戏，经过一番努力，最终收获了一个略显呆萌的黄色辛普森玩偶。女孩们则对那只巨大的黑猩猩情有独钟，我们费尽九牛二虎之力投篮，却始终未能如愿。一先抱怨球弹力太大，白石说篮筐有问题，而我则自嘲从不运动。

大陆停好车后，我们相约共进午餐。此时的我又热又倦，双脚因长时间穿着人字拖而疼痛不已。啤酒与咖啡的交替饮用，让我感受到了生活的微妙平衡。女孩们如同疯狂的摄影师，不停地捕捉着每一个瞬间，然而那些照片却往往难以拼凑出完整的记忆。白石则像是一个移动的宝藏库，时刻满足着女孩们的各种需求。

我拉着一先，一同观看了一场惊心动魄的砍树桩比赛。那些身强力壮的参赛者们，身着护胸、护腕，缠绕着防止受伤的绷带，如同即将踏上战场的勇士。他们手中的长斧在阳光下熠熠生辉，裁判的枪声响起，他们迅速挥动双臂，木屑四溅，如同战场上飞溅的火花。欢呼声此起彼伏，胜负在数十秒内便已尘埃落定。

我陷入沉思，人类的文明与科技在飞速发展，但我们似乎从未真正远离野蛮。我们用自己的智慧创造了无数的奇迹，却也因此陷入了深深的恐惧之中。历史的长河中，无数人在时间的洪流中消逝，又有无数人在等待中降生。我们此刻的存在，无疑是宇宙间最不可思议的奇迹，然而，这个"我"却并未因意识的存在而变得更加美好。我们追求生命的延续，却也在无形中加剧了世界的负担。

烈日高悬，我仿佛感受到了某种神秘力量的注视。观众逐渐散去，只留下零星几人等待着下一场表演的开始。一先悠

闲地坐在我身旁，一只胳膊搭在身后的水泥台阶上，手中握着
一杯可乐，那份从容与自在，仿佛他就是那希腊神话中逍遥自
在的神祇，散发着一种宁静而美好的气息。

我与一先在闲谈之际，谈及他的新工作。他虽尚未萌生
去意，然而工作内容却与他最初的憧憬有所偏差。在我看来，
他更像是一位游走于商界与销售领域之间的使者，整日周旋于
拉赞助与谈判的"战场"之中。公司文化似乎更为注重成本控
制以及广告效益的最大化。两千元的通栏广告、三百元的报眼
广告、两百元的报花广告，若一次性付清五百元，便可享受三
期连做的优惠。而那些如同麻将牌般的广告专页，更是以每张
二十元、字数三十字以内、标点与数字按半个字计算的独特方
式，孕育出了诸如"丧偶多年，品质俱佳"这般言简意赅的广
告语。

至于新闻，在这里似乎并没有真正意义上的新闻可言。
他们对事件的关注度微乎其微，无论是爆炸、选举、游行，还
是自杀，皆无法激起他们的兴趣。采访、写稿、编辑、校对的
传统流程在此形同虚设，他们更像是信息的"二传手"，通过
固定的信息渠道，将世界各地的新闻进行筛选与转述。当地
的、海外的、中国的、欧洲的，无论是英文还是中文，主流媒
体与一线记者的报道，都成为他们在公园中牵着的一条条信息
之"犬"，只有当这些"犬"有所动作时，他们才会跟上去，
将信息包裹起来，然后扔进名为"新闻"的垃圾桶里。在互联

网时代，时间的界限变得模糊，原创与抄袭的界限也变得难以界定。他们将新闻碎片拼凑在一起，配以吸引眼球的图片与标题，唯一的追求便是减少错别字，而将剩余的时间全部用于拉赞助与打电话。

大陆打来电话，约我们在摩天轮下相聚。我站起身来，伸了个懒腰，阳光仿佛被洒上了金色的粉末，熠熠生辉。场地中央，一群小狗正牵着主人，准备下一场表演。一先提到，下个月有一家中文电台将举办二十周年庆，他们公司受邀并负责代售门票，龙虾盛宴每位八十元，地点就在中央车站附近。我笑道："若是不花钱，我倒愿意一去。"一先却打趣道："你想得倒美。"

远远望去，大陆那圆滚滚的脑袋正噙着烟向我招手。他身旁站着一位身材娇小却丰满的四川姑娘，她喝酒时豪迈如男子，说话口音中带着几分撒娇的意味，令人忍俊不禁。此刻，她正与另一位女孩交谈，那女孩背对着我们，但随着她侧脸的逐渐清晰，我心中涌起一阵激动——是她，那个曾在桥头向我投下诱惑的美丽女孩。天意弄人，她竟与大陆走到了一起。不过，这些已不再重要。那座比亚洲所有摩天轮都要小巧三圈的"摩地轮"，以其独特的美丽与壮观，吸引了我的全部目光。五彩斑斓的小房子与黄澄澄的小灯，构成了一幅温馨而迷人的画卷。我快步上前，将满腔的喜悦都倾泻在了大陆身上，他仿佛一个突然出现的老友。女孩对与我的不期而遇也感到惊讶。我询问她男友的下落，四川姑娘朝我撇了撇嘴，女孩则爽快地回答道："分手了。"天呐！一先在身后捅了捅我，好奇地询问我们的关系，我笑道："我们是老朋友了。"四川姑娘嚷着要坐摩天轮，大陆却搂着她的肩膀说："这东西没意思，不如去玩恐怖城和跳楼机。"跳楼机！这个不解风情的老家伙！我冲向售票厅，为了避免尴尬，一口气买了五张票。队伍如贪吃蛇般蜿蜒曲折，仿佛要排到世界的尽头。

大陆与他的四川姑娘先行乘坐了摩天轮上的轿厢离去。我和女孩、一先则乘坐了下一间。随着轿厢的缓缓上升，阳光的角度也在不断变化，将一切笼罩上了一层金色的薄雾。房屋、森林、马路、河水，还有她深棕色的长发与浅灰色的外衣，都在这金色的世界中变得格外迷人。地平线越拉越长，小窗子外风声阵阵，仔细聆听，还能听到孩子们的欢笑声和从其他娱乐设施上传来的尖叫声。这一切都是如此美好，她那双不断向窗外张望的大眼睛，又大又圆，像极了一只警觉的小鹿。她的鼻子并不挺拔，而是短短的、圆圆的，那是典型的东方人的鼻子；嘴巴小巧而有肉，略显苍白，轮廓异常鲜明，如同远处的山峦一般。

或许是因为恐高，一先在狭小的空间内一刻也无法安静，他在我身旁喋喋不休地讲述着上海人的趣事。上帝作证，如果我真的有复活的能力，我一定会毫不犹豫地把他请出这个空间。

　　接下来的时间里，我像夏尔·阿兹纳夫一样在音乐的海洋中旋转，像赫尔墨斯一样在奥林匹克公园里四处飞奔，将所有上天入地的娱乐设施都体验了一遍。没有人知道我原来如此勇敢，连我自己也感到惊讶。我头晕目眩、两腿发软，却忍不住哈哈大笑，仿佛已经醉倒在了这片欢乐的海洋中。我多么希望这一天能够重来一遍啊！

　　当所有人再次聚集时，夜幕已经悄然降临。每个人手中都抱满了毛绒玩具，我们决定离开这个充满欢笑的地方，去城里的一家火锅店聚餐。女孩跟着大陆他们的车先走了。我和一先、阿泰、白石等人则顺着人流向车站走去。空气中渐渐有了凉意，火车上的人多得仿佛要开往孟加拉国一般。远处的夕阳将狭窄的天际线染成了暗金色，又点缀上了丝丝血红；往上是深邃的蓝天，南十字星座如同钻石般璀璨；往下则是带有暗紫色的黑，树影在其中轻轻摇曳。

　　整晚我都像一个初出茅庐的少年一样局促不安、兴奋异常，举止也变得异常夸张，又像一个即将步入婚姻殿堂的新郎般与所有人碰杯畅饮。五粮液、赤霞珠、二锅头轮番上阵，渴了就灌一杯苦啤酒。我询问服务员是否有青枣，服务员在确定我要的不是青岛啤酒后温柔地告诉我没有。如今的服务人员态度真是越来越好了。我神秘兮兮地告诉所有人——包括还站在一旁的服务生——在喝下一口啤酒之后咬一口青枣，嘴里会充满丁香花的味道。火锅不停地冒着气泡，白雾缭绕；铜盆里的食物似乎永远都捞不完；货真价实的白酒与辣椒让每个人的脸都红扑扑的，满头大汗。我们像一群居住在现代的原始人一样围坐在火堆旁唱着无忧无虑的歌谣。

或许是因为一整天在阳光下的暴晒与玩耍让我们都感到疲惫不堪，所有人都很快就醉了。堆满整整三把椅子的毛绒玩具有好几只掉在了地上——蜘蛛侠、泰迪熊、加菲猫……它们仿佛也喝醉了似的。站在饭店门口，我们决定今晚到此为止，各回各家。我想送女孩回家，但她却坚持拒绝了我。于是我拦了一辆出租车，付了足够的现金，关好门，记下车牌号码，目送着女孩远去，直到她的身影消失在夜色中。

回到家以后，我给女孩发了条短信。她告诉我已经安全到家，准备睡了。我关了灯，躺在床上。窗外的蛐蛐声一刻也不停歇，让这漫长的夜变得更加立体与生动。我又想起了今天下午我们一起从过山车上下来的时候，或许是因为刚从失重状态中回到地面，她的脚下一个趔趄，我抬起胳膊，她抓住了我的手。虽然只有短短的两秒钟，但那无意中的牵手却仿佛包含了世间所有的情感与温暖。那一刻，我仿佛拥有了整个世界。谁不想拥有一段十八岁的纯真恋情呢？只是岁月流转，我们或许已经失去了那份勇气与纯真罢了。幽幽的月光洒进屋内，我仿佛闻到了淡淡的玫瑰花香，直到沉沉睡去。

搬　家

一大清早，一群聒噪的凤头鹦鹉将我从睡梦中吵醒。我躺在床上，本想给她发条短信，却又不知该说些什么，只得作罢。起身洗漱后，我来到客厅喝水，只见洗碗槽里的脏碗堆积如山，仿佛刚接待过一支部队。林胖子睡得极为踏实，似乎对这世界百分百的放心。我觉得自己得赶紧搬家，越快越好。我固然还未曾想过与她一起生活，但一个体面些的住处无疑会有所帮助。

随着我预算的不断上涨，像样的房子也越来越多。三个星期以后，我在联邦街租下了一套两居室的公寓，并成功地把白石动员过来与我同住。白石住进了较大的那间屋子，所以我的房租也并未比原先贵出许多。搬家的那天下午，天空始终乌云密布，太阳不见了踪影，反倒让万物显现出本来的颜色。天空犹如一片潮湿的大理石，乌鸦闪着黑宝石般的光芒，鼓槌树的树叶恰似一串串翠绿的马奶子葡萄，一切物体的深处皆是黑色。假如鸟的可见光谱里没有蓝色，那么它们的天空会是什么颜色呢？

　　收拾行李的时候，家里只有我一人。他们仿佛是不忍心看着我离去，连林胖子都暂时消失了。我知道，就在今天晚上，他会捧着两台电脑成为这间屋子的新一任主人，趴在那张吱吱嘎嘎作响的单人床上，继续他的游戏人生。一切的烟味、酒味、呕吐物味都会被他那把"清风徐来"的扇子扇得一干二净，取而代之的是主板上干燥的灰尘味道与速食食品的浓香。安东尼则继续在海浪与礁石之间周旋，与鱼类死磕。我的房租变贵了，林胖子和安东尼的房租也变贵了，甚至连白石也要每个月多付两百块钱，但似乎没人因此而感到不满。乌云在飞速移动，像是在执行着某些神秘的任务。大陆开着他的白色福特车来到了楼下，我开始把打包好的行李往车里搬。东西并不多，一车足够放下了。豆大的雨点落下，却稀稀疏疏的不像是雨，反倒像泪滴。我又检查了一遍房间，确定没有东西遗忘。奥菲利亚还在墙上，我取下这幅画。床、床头柜、书桌、一把转椅、一个简易的木质鞋架，全都是我搬进来之前就在这屋子里的家具。除了墙上的一点蓝丁胶，这屋子里再没我的痕迹了。我把钥匙放在餐桌上，锁好门，夹着死去的奥菲利亚钻进了渐密的雨中。

　　大陆递给我一支烟，我摇下一点车窗，忽然想起了希腊老头。不知道这个老家伙已经出发了没有，希腊的天气如何，那诸神之所、理想国的故乡、以自由为誓言的城邦。与那个十多年未见的老姐姐的重逢，应该会让他激动异常，从他走路时的那条跛腿就看得出来。我吸了口烟，感觉好笑，希望他的店在关门的这两个月可以安然无恙。我把烟灰弹出窗外，吐出的白色烟雾迅速地消逝在无边的风雨之中。

我和白石像在机场的失物招领处挤在一起的遗失物品一样生活了将近一个月，行李箱自从搬进这套房子就再没挪动过地方，它们像一只只被煮熟后掀了壳的大闸蟹一样摊在客厅，我们需要什么一律现找。每天醉生梦死，天亮睡觉，下午起床。大陆、四川姑娘、阿泰、一先，还有他们各自领来的一大堆朋友像串亲戚一样在我们家吃喝拉撒，喝多了以后做各种像弱智一样的游戏。我们在网上买了些高档的二手家具，落地灯、书架、沙发、咖啡桌、电视柜、CD架。一个在优派公司打工的朋友帮我们不花钱搞来了一台42寸的电视机，放在客厅里虽然显得小了点，但那东西归根结底只是个摆饰，没人真的会去看它。免费的电视机在我们看来十分神奇，而他却说只要在维修表上的可修与不可修之间打个钩就足够了。为了表示感谢，我们在一个小时内把他给灌吐了，从此以后他就爱上了我们家，有局必到，每到必吐。

东西越来越多，这个家也越来越像样了。我们住在八楼，阳台很大，但朝向却不是很好，所以没什么风景可言，放眼望去也只有一片高高低低的住宅楼，一律灰突突的，看多了让人感到绝望。白石买了两把户外用的躺椅和一个韦伯牌的烧烤炉，灰绿色的煤气罐一度让我很没有安全感，觉得天一热它就要爆炸。我买了很多植物，栀子花、长春花、玫瑰、铁线蕨、白鹤芋、散尾葵，甚至还有一棵小小的柑橘树。白石看着它们就像看着冰箱里的芹菜一样无动于衷。而我也不会养花，只是觉得它们很美。

白石又在和父母打电话，那方言就像是在用密码吵架，我一句也听不懂，很多话在我听来都像是在骂人。但最令我惊讶的是白石对他父母无比的有耐心，几乎每天他们都要通话，有时几分钟，有时长达一两个小时。

"终于打完啦。"我调笑着说，白石这通电话打了足足有半个钟头。

"没办法呀。"白石带着点无奈地摇了摇头。

阿泰告诉我和白石，荔礼向他表白了。从他脸上那为难的样子，我感觉他不像是在炫耀。这是个疯狂的好女孩，我这样和阿泰说，无论交往还是分手，她都干脆得像一把刀。白石表示赞成，说从她喝酒就能看得出来。阿泰说他还没有想过要两个人的生活。白石听了这话，感觉就像是有人中了彩票而不愿意去兑奖一样奇怪。我则很好奇他是如何做到让女孩给他时间考虑的同时又没有挨上一巴掌的。在我看来，女人给你的机会永远只有一次。如果一个女人向你表了白，那么哪怕你只答应一夜情也不能说容我考虑考虑。"少抽两包烟足够你谈恋爱了。"白石把问题说得很实际。"没错。"我跟着附和，"把你对着烟屁股的嘴省出十分之一的时间来去亲女生，她们会迷上你的烟味和胡荏的。"

　　阳台上风很大，把我的花香带给全世界，这是我能为这个世界做的为数不多的几件好事，尽管花并不因我而绽放。天上的星星很多，多到让我难以分辨哪个星座。"那上面想必寒彻入骨。"我嘟囔了一句。假设个体的有限与整体的无限，是我们讨论一切意义的前提条件，否则苹果落在哪里都无所谓了。人类这一局赢得很侥幸，因为我们是这张桌子上唯一的玩家，自己发牌、洗牌、看大小，四下里空空一片，谁也不跟。我拿着酒杯朝楼下张望，公交车、警车，甚至树与人的差别都不过在毫厘之间。这二十厘米宽的一堵矮墙，便是生与死的界限。奈何桥有二十米长。白石躺在长椅上问我是不是要跳楼，我说暂时还不需要。阿泰把一截尚燃着的烟头弹了出去，橘红色的火光划出一道弧线沉入黑暗，像是一颗流星。

　　一先到最后也没搞到票子，连他自己得以侥幸混进去吃顿白食都是因为一个女同事临时有事无法参加，把座位让给了他，要不然以他刚进公司的身份也轮不到他去吃龙虾。他们的老板似乎变着法地想把发给员工的每一分钱都再赚回自己的口袋。那个让票给他的女同事私下里告诉他，本来他们公司是有一桌十个名额的，结果老板保留了一半，剩下的五个让他统统给卖了。整间公司里流传着各种关于老板斤斤计较、小气抠搜的传闻，使同事之间几乎形成了一种难得的默契。我问白石想不想参加，他似乎很感兴趣。这是他的一贯作风，对一切吃吃

喝喝、人多而且需要用钱的地方充满兴趣。于是我让一先帮我
买了两个位子，下次见面时把钱给他。

中国人的腼腆性格似乎只有在外人多的时候才会发作，
这个我们自己人举办的活动里头每个人都看上去如鱼得水。场
地很大，至少有三四十桌。没有人急着就座，全都拿着香槟走
来走去，握手、合照、拍肩膀、哈哈大笑。所有人之间似乎都
很熟悉，弄得我和白石一度感觉上了当，怀疑只有我俩是花钱
买票进来的，毕竟我俩除了一个同样没人待见的实习生以外谁
也不认识，只能坐在那一心地等着上菜，一杯接一杯地喝着香
槟。入场时间与开饭时间中间显然预留了大量的富余，白石旋
转着脑袋像一台安检仪一样挨个地扫描年轻女孩。一个穿着黑
色西装的年轻男子走过来和我寒暄了几句，发现我完全是个莫
名其妙的家伙以后礼貌地离开了，临走时从西装的内兜里掏出
一张名片递给了我。登喜路的名片盒发出清脆的咔嚓声，闪闪
发亮。这一举动让我很尴尬，因为我实在没东西与之交换，假
如从兜里掏出一点小费递给他不算失礼的话我一定会毫不犹
豫。"那粉领带可真骚。"白石看着他的背影调侃了一句。我
看了一眼那亮光纸面的名片，厉害得一塌糊涂，假如它没唬
我，那我的人生算是没戏了。"看看人家。"我像出了一张大
王的扑克牌一样把名片摔在白石面前。

人越来越多。场地最深处临时搭建起来的小舞台上有人
在调试音响，有人在布置花篮，服务员搬着成箱的红酒进进出

出。烫着夸张卷发的摄影师决绝而冷静地在人流里穿梭，瞄准、按下快门，继续穿梭，孤独得像是这全场唯一的艺术家。所有人都打扮得异常隆重，钻戒、金镯子、翡翠的耳环、镶着宝石的项链。你能找得到半个世纪以来所有流行过的元素，从发型到服饰，像一场流动的时尚会演。大波浪、高腰裤、镶满水钻的眼镜、饰有流苏的马甲、橄榄球运动员一样的垫肩、巨人的西装，所有人似乎都在跟着感觉走。我甚至还看到了一只狐狸围脖，那尊贵的女士，珠光宝气，感觉至少已经有钱了三十年。那狐狸也漂亮得没话说，一只完美的标本，三角形的嘴巴绕了一圈咬着自己蓬松的大尾巴。男士们个个意气风发，好像都刚从上海滩打车过来。我和白石像两个失忆的年轻人一样傻乎乎地坐在桌子前，苦等着上菜，可菜迟迟不来。为了避免尴尬，我俩还像初次见面一样聊了会儿天，不到两分钟便无话可说。于是我像只猫鼬一样伸着脖子四处寻找一先，白石则继续扫描从他眼前经过的每一个年轻姑娘。

好歹是开饭了，所有人都意犹未尽地落了座。一先所在的桌子离我们并不算远，白石告诉我全都是些老姑娘。台上从始至终都有人在讲话、唱歌、跳舞、变魔术、发奖品，好像台下的人吃得还不够热闹。一阵不算热烈的掌声中，一个打扮和样貌都很富贵的老太太被搀上了台。这位早期移民的"活历史"，电台的董事，操着由英语、粤语、国语混杂而成的移民国的方言，讲了一大套没人感兴趣的东西，所有人不是在嚼东西就是在剔牙。一位议员和一位移民局的高管在她的感谢中站起身旋转了一圈，向全场拱了拱手，天知道他们从哪儿学来的这一套。这位议员最近风头正盛，到处都能看到他的海报，一贴就是八张，信箱里也塞满了他咧着嘴笑的传单，活像个摇滚明星。老太太毕竟体力有限，讲了没多久便被搀下去了，接替她的又是一大堆人无聊的讲话，没完没了。太小的声音，令人不安的沉默，令人沉默的笑话，所有人都显然对眼前的节肢动物更感兴趣。议员也上去了，先是简单地对老太太表达了感谢，紧接着便完成了情绪上的酝酿，用极具感染力的热情把当地的华人大大地赞扬了一番，医疗、经济、文化、基础建设，无不对本地做出了巨大的贡献，那股亲热劲简直就像是白求恩再世，真不愧是政客。

和八个陌生人坐在同一张桌子上吃饭不是件容易的事情，弄不好就消化不良。白石吃得头也不抬，一先找了把椅子和我们坐在一起。现在站在台上讲话的是他的老板。一个个子很矮，皮肤状况糟糕的中年男子，一双向外凸出的大眼泡，稀疏的眉毛，宽阔的鼻子，鼓着的嘴巴总是要很费力地才能把牙齿与牙龈包裹起来。一个精明的生意人，典型的中国现代商人，具有成功人士，或者更具体点说，具有有钱人的那种充分的自信与幽默感，在自我调侃与自我吹嘘之间拿捏得恰到好处。对讲台总是有一种异于常人的渴望，对年轻姑娘总是有一种不怀好意的温柔。只要你不提起你的不幸，那么他可以对任何苦难都轻描淡写。你可以向他请教任何规模在二十人以内的公司的管理模式，从幼儿园到妓院，他都能说得有声有色。

　　和婚礼一样，绝大多数人都在填饱肚子以后就离开了，如豁牙子一般的空座位让压轴的戏码变得异常可怜，就好像没人会真的看好新郎新娘能白头偕老。等到最后一个被邀请来的演艺团体集体上台致谢的时候，演员的数量简直比台下的观众还多。虽然我也不大喜欢他们那浮夸与过时的唱腔，老掉牙的魔术与令人尴尬的诗朗诵，但这样的场面实在令人心痛。一群老中青年的艺术表演者对着台下红灿灿的一片龙虾壳鞠躬鼓掌，穿梭着的只有服务员麻木与疲惫的身影。狐狸围脖与许文强都不见了。除了诗人本人，任何一首诗都没有必要，也不应该念出声来。

国王十字街

　　白昼渐短，秋风送爽，我们的心灵似乎也随着日光的悄然消逝而提早沉浸于夜的温柔怀抱之中。未及黄昏五点，天际便已披上夜的神秘帷幕，晚霞绚烂如五彩织锦，美得令人心醉神迷。我们仿佛化身为夜的精灵，于暮色之中悠然苏醒。啤酒的泡沫里，蕴含着万千独特风味，既有梨子的清甜可人，糖果的甜蜜四溢，饼干的醇厚浓郁，烤肉的馥郁芬芳，也隐约带着一丝丝童年的珍贵回忆与过往的微妙情愫。谈及佳酿，即便是德国引以为傲的汽车，也难以媲美那杯中物所带来的醇厚享受与心灵触动。

　　情人港畔，水族馆的后门隐匿于高架桥之下。路灯散发着柔和的光芒，月光皎洁如银盘。一对白人情侣在长椅上轻声细语，沉浸在他们的专属小世界里。或许在他们看来，这里是幽静之所，然而，在这并不宽敞的空间里，至少还有数人与我们擦肩而过，共同分享这份夜的宁静与美好。我轻倚着白石的肩头，醉意朦胧，连走过一座简单的独木桥都显得那般力不从心。"咱们也走吧。"白石笑言，眼中闪烁着青春的璀璨光芒，似乎方才那一幕温馨的画面，悄悄点燃了他心中的希望火花。

国王十字街，并非我们常去之地。它太过直白，少了些含蓄之美与韵味之感，一切都被清晰地标注，显得有些嘈杂与张扬。这对于追求意境的中国人而言，或许有些难以适应。巨大的可口可乐广告牌，以鲜艳的红色吸引着众人的目光。沿街而立的吸烟女子，宛如夜色中的一抹神秘魅影，她们的存在，为这条街增添了几分故事感，而非仅仅是简单的欲望象征。来自五湖四海的人们，在夜色中穿梭往来。无论是忙碌的白领、朝气蓬勃的学生、辛勤的铁路工人，还是流浪者、富翁、平民，都在这里寻找着属于自己的那份心灵慰藉。

英国人沉醉于夜色的浪漫，美国人充满活力与激情，印度人好奇地张望这个多彩的世界，卡塔尔人结伴而行，享受着友情的温暖。而粉色的荧光灯下，用汉字与韩语书写的"现场表演"字样，虽略显拙朴，却也透露出文化的交融与碰撞。警车的巡逻与安保人员的身影，确保了这里的秩序，让人心生安全感。我与白石，在这约两百米长的巴东海滩般的街道上，往返数次，最终寻得一处静谧之所，缓缓步入其中。

楼梯狭窄，仿佛通往另一个神秘世界的咽喉要道。空气中弥漫着湿润的啤酒香气，音乐如旋律般低吟浅唱，偶尔的镭射灯光，在蓝紫色的氛围中摇曳生姿。我们选了一个远离舞台的角落坐下，眼睛逐渐适应了昏暗的环境，周围的一切开始变得清晰起来。舞台上，舞者们如同灵动的蛇，在肌肤之外轻轻扭动，那微妙的体温似乎正与我们共鸣。她们的声音温柔如情人的呢喃，身姿轻盈，毫无赘余。香水与酒香交织在一起，点燃了空气中的情愫。一对对男女，在这黑暗中相遇，又在另一片黑暗中离散，如同夜空中闪烁的流星，短暂而美丽。

夜，被赋予了新的维度，不再单调乏味，而是充满了无限的可能。酒被逐一奉上，如同迷人的短尾兔，跳跃在桌上，为这夜晚增添了几分生动与活力。

滑　雪

　　冬日的脚步悄然降临，枯黄的枫叶如同时间的碎片般，铺满了静谧的人行道。树枝间仅剩下稀疏的几片叶子，在风中轻轻摇曳，仿佛在诉说着季节的更替。马丁广场附近，一家低调的日本料理店外，人群熙熙攘攘。我和白石在寒风中已等待了近二十分钟，而台湾的朋友却还在路上。我们故意迟到了半个小时，却未曾料到，即便是这样，我们还是早到了。白石从便利店出来，手里握着新买的香烟。我则站在一旁的地产公司橱窗前，凝视着那些密密麻麻的广告。白石走过来，递给我一支烟，目光也落在橱窗里的房产广告上，不禁感叹道："这房价，可真够高的。"我接过他递来的打火机，同样望向那些昂贵的房产，心中暗自唏嘘。就在这时，我接到了阿泰的电话，告知他已到达。白石顺手从地产公司台阶上拿起一张广告单，我们一同向饭店走去。在饭店门口，白石用脚轻轻碾灭了烟头，告诉我他打算买房。

　　那一顿饭，白石吃得异常兴奋。他仿佛一个精明的商人，而他的父亲则成了他眼中的消费者。仅仅半支烟的工夫，他就决定要让父亲出资，在这里购置房产。八十万的房子，首付百分之二十，如果能要来二十万，那么其中四万就能稳稳落入他的口袋，这可比选修额外的课程来得实惠多了。一顿饭的工夫，他便想出了以房养贷、汇率划算等一系列看似合理的理由。

回到家后，白石充分发挥了他的口才。这场谈判，作为他计划中的重头戏，进行得异常顺利。仅仅一个星期后，他的父亲便觉得没有什么比赶紧买套房子更重要的事了。对于房地产，白石并不感兴趣，我们利用上课时间，走访了几家华人地产公司，留下了联系方式，拿走了名片。白石迅速致富后，买了一辆二手奔驰车，我们的世界也因此变得更加宽广。

最好的啤酒与最好的汽车，人类总是在对抗与追求中前行。白石在网上看到降雪的消息后，提议去雪山滑雪。我知道，只要让他一直开车，哪怕是南极，他也会毫不犹豫地前往。于是，我们邀请了阿泰、荔礼、大陆、四川姑娘以及她的朋友。白石在我身边，笑得像个孩子，尤其是提到那个漂亮的女孩时，更是笑得合不拢嘴。六天后的傍晚，我们一行八人，两辆汽车，终于踏上了前往雪山的旅程。在这片炎热得仿佛要冒烟的土地上，竟然有雪的存在，真是让人难以置信。

我们在一座昏暗的城市停下了脚步，准备吃点东西。路程还有一半，天色早已漆黑一片，马路上连个人影都看不到，到处都是树木。整座城市很小。我们找到了一家类似于退伍军人俱乐部的酒吧，没想到里面竟然人声鼎沸。白人、黑人、黄种人，甚至还有两个当地人。很多人显然刚下班就赶了过来，还穿着正装；更多的人则是一身休闲打扮。这里是一个相聚的地方，一个释放压力、寻找慰藉的港湾。吊在墙角的电视机上正在直播一场刚刚结束的橄榄球比赛，蓝色的恶魔们垂头丧气，其中一个的头上还绑着渗出血来的纱布。随着比赛的结束，酒吧里的人们缓缓移动着脚步，有的人在吧台又买了啤酒，有的人起身离去，还有的人低头看着手里的彩票，期待着奇迹的发生。

当我们抵达住宿地点时，这一天已经接近尾声。旅游大巴载着一车车兴奋的人们为夜晚注入了活力。开私家车来的大多是大型的休旅车，有的在车轮上捆了铁链以防打滑，有的在车顶上载着行李以备不时之需，还有的在挂车里带来了雪地摩托以增添乐趣。我们在装备租赁处租了防风镜、头盔、滑雪板等一大堆装备，女孩们还给我们准备了一堆像狗皮膏药一样的暖宝贴。所有人都很兴奋，我更是整晚失眠。月光洒在床沿上，滑雪杖静静地躺在那里，像一把倒过来的花剑，诉说着即将到来的冒险。

冬日里山上的晨曦美得令人心醉。喜鹊的叫声忽远忽近，仿佛在诉说着大自然的秘密。天色暗青，好像太阳也嫌冷而不愿意出来。远处的湖水像一块藏蓝色的丝绸缠绕在起伏的山间，为这片寂静的天地增添了几分柔美。每次呼吸都像是喝下一口冰镇的可乐，清新而刺激。整个营地都散发着一股浓浓的咖啡香味，那是人们为了抵御寒冷而特意准备的。

我们白天滑雪，晚上打牌，过了几天健康而充实的生活。至于滑雪本身嘛，除了大陆能熟练地拐弯而我勉强能走直线以外，其他人都把自己当成了雪球，从头滚到尾。滑雪杖变成了拐杖，头盔、护肘、护膝等一切护具全都派上了用场。女孩们找了个年轻的金发教练后完全陷入了花痴状态，而阿泰和白石则在索道下的咖啡馆里一杯接着一杯地喝热巧克力和抽烟。大陆早已不见踪影，一先在我旁边像只熊猫一样滚来滚去，不停地问我滑雪的要领。我笑着告诉他："摔的时候要朝前摔。"

天气冷得让人难以忍受，太阳似乎还没有一只灯泡热乎。我们把带来的所有衣服都穿上了还是没用，于是只能一遍一遍地冲热水澡，每次都把自己烫得半熟。等所有人洗完后，整个房间都变得像芬兰浴场一般温暖。我们就在这个临时的浴场里开起了两桌麻将，享受着这份难得的闲暇时光。

晚上，漫天的银河无比壮观，仿佛整个宇宙的星星都摆在了你的眼前。如果仔细盯上一会儿甚至会让人感觉眩晕，好像身体要被某种强大的力量所吞噬一般。雪白的哈气从口中徐徐飘向夜空，像是回到了家的怀抱中一般温暖而宁静。而我们留在人类的世界里，感到无比的孤独和渺小。

四天后，我们从雪山打道回府，所有人都对这次准备并不充分但却充满新鲜感的旅程表示满意和留恋。在沿途的一处休息站吃东西时，荔礼提出了一个建议："等天暖和了我们开车去乌鲁鲁吧。"四川姑娘好奇地问："那要开很久吧？"白石率先表示赞成："好歹是世界上最大的一块石头嘛，应该去看看。"我忍不住调侃道："反正让你开车就行。"哪怕在这片大陆上发现了最大的一只耗子，我相信白石都会毫不犹豫地开车冲过去看看的。

"我看照片那里的晚霞特别美。"那个女孩边吃边说道，"在大石头旁边还有一种晚餐服务呢，设计得很浪漫。"当她的目光与我相接时，手里捧着汉堡的她不好意思地低下头笑了。我们的话题又转到了旅行的准备上："那我们要买帐篷吧？听说那里离最近的饭店也要开两三个小时呢。""对啊，对啊，住酒店就没意思了。""那我们要准备很多食物才行呢，车子得全部装满才行。""也许我们这两辆小车不够装了呢，需要大车才行。"每个人都积极地发表着自己的意见。荔礼兴奋地在阿泰耳边尖叫着："快买大车！"阿泰在旁边用胳膊肘轻轻地杵了我一下："跟你说话呢。"所有人都笑了起来，空气中弥漫着欢乐和期待的气息。

一先离去

从雪山归来后，日子依旧在原地静静等候着我们的归来。生活仿佛是一幅宁静的画卷，缓缓展开，却又带着熟悉的气息。偶尔，我们会相约前往学校，在那可容纳数百人的阶梯教室里，如同亲密的朋友般轻松地分享着彼此的见闻与趣事。课间时分，我们便又匆匆离去，各自回归到属于自己的生活轨道之中。

那本厚重的教科书，足足有一千多页，标价高达三百元，沉甸甸的，仿佛承载着无尽的知识与智慧，却也能压得人有些喘不过气来。打折时，那价格更是让人心生疑虑，不禁让人揣测其中的内容是否真的物有所值。它就像是一个神秘的宝藏，等待着我们去挖掘其中的奥秘。

白石时常邀请我一同去看房，他担心若再不行动，那些积蓄便会在不经意间被他挥霍一空。一先的工作重心也从打电话逐渐转向了撰写各类软文，这并非因为老板认为他在文字上有何过人之处，而是觉得他并不适合打电话的工作。而我，则满脑子都是如何与那位心仪的女孩约会，绞尽脑汁地想着各种理由，希望能与她相见。我的思绪如同脱缰的野马，已经畅想到了我们年迈时共度的城市与时光。然而，在现实中，我却总是犹豫不决，面对要编辑的短信，我反复删改，始终无法下定决心发送。在情感的世界里，我总是显得如此优柔寡断，仿佛被一层无形的迷雾所笼罩。

相比之下，大陆的行事风格则显得更为果断。某日深夜，他的白色福特车意外报废。对外，他声称那是车辆自行失控，仿佛厌倦了日复一日地奔波，在环岛行驶后，主动选择了终结自己的生命，狠狠地撞上了一排黑色的铁栏杆。然而，另一种说法却更为生动。在事发前的几个小时里，大陆与我们一群人在一家日式料理店中畅饮，从白鹿到醉心，再到南部美人、一滴入魂，店内的各种品种的清酒被我们一扫而空。送四川姑娘回家的路上，两人发生了争执，原因已无从考证。在这个时代，如果无法给予女性持续的热恋感，或许就只能面临被遗忘的命运。他独自回家的路上，怒气冲冲，车速越来越快，直到那辆福特车仿佛找到了飞翔的感觉，只是一眨眼的工夫，便化为了灰烬。

未来似乎遥不可及，而过去的日子却如白驹过隙，转瞬即逝。南北半球的季节相反，我们的生活也时常黑白颠倒。白石终于在一位朋友的介绍下，从房产中介那里购得了一套心仪的房子，结束了漫长的看房之旅。那些待售的房子，每周只对外展示半个小时，这对于我们这些向来缺乏时间观念的人来说，无疑是个巨大的挑战。每到周五晚上，我便紧张得连酒杯都不敢触碰。我曾多次劝说白石，买房就如同找对象，你只需选择一个，第一百个选择并不会比第一个更好，而当你回头时，或许别人已经拥有了幸福的家庭。至于白石是否听进了我的建议，我不得而知，我只希望他能尽快尘埃落定，至于房子位于何处，对我来说并不重要。白石自己也已厌倦了这漫长的过程，当初从父亲那里得到这笔资金时，他并未料到会如此烦琐。虽然只有短短的三个月时间，但到后来，我们几乎只是匆匆停车进屋扫一眼便离去，让房产中介误以为我们是行家。最终，我们选中的房子位置极佳，距离市中心仅十五分钟车程。据房产中介介绍，这是政府计划新开发的居民区，未来还将有超市、网球场、购物中心、地铁站、幼儿园等一应俱全的生活设施。白石深吸一口烟，将中介的话语都锁在了呛人的烟雾中，他老练得仿佛一位退休的政治家。

在这笔交易中，最吸引白石的莫过于连房客也一并接手。这意味着除了办理律师咨询、合同签署、贷款、过户等必要手续外，他再无须为其他事情操心。房租足以偿还贷款，甚至每月还能余下一些零用钱。他终于可以向父亲有个交代了。在打电话汇报之前，他问我卧室里是铺地板还是地毯。那一刻，我仿佛看到了他即将开始的新生活，正如一幅绚丽的画卷缓缓展开，充满了希望与期待。

　　白石签署合同的当晚，一先给我打来了电话。彼时，我正站在那座金碧辉煌的赌场前，璀璨的灯光映照出我手中紧握的电话。一先的声音略显沉重，他告诉我，他的母亲病重，已是子宫癌晚期，他需要即刻返回，陪伴在她的身旁。这无情的病魔，似乎总是悄无声息地降临，直至晚期才被人们察觉。

　　我询问他归期，他只说即刻启程，至于何时归来，他却茫然未知。那些关于学业、工作的琐碎问题，此刻都显得如此多余。我告诉他，若有需要，尽管开口。他请求我帮忙处理一些来不及收拾的行李，我欣然应允，随后又叮嘱了几句宽慰的话语，便结束了通话。

　　赌场内的喧嚣已无心顾及，我将手中的筹码兑换成现金，转身离去。正门前，巨大的喷水池中散落着无数硬币，那是来自五湖四海的人们，为了心中的愿望而投下的希望之币。我轻轻地将一枚金币弹入水中，心中却是一片空白。高处落下的水流拍打着水面，发出震耳欲聋的声响，仿佛要将所有的心愿都淹没在水花之中。

　　巨大的廊柱上镶嵌着镜面马赛克，映照出无数个我的身影，如同无数个可能的未来在眼前交织。

　　两日后，我驾驶着白石的车前往一先的住处，帮他收拾行李。行李并不多，与他初来乍到时的情景相仿。留给我的更是寥寥无几，不过是一些台灯、碗筷、转椅、电暖气等琐碎之物，还有一堆无用的书籍、一幅未完成的拼接画和几条金鱼。

除了这群无辜的生命，其余的皆可视为无用之物，随意丢弃也不会有人感到惊讶。

"你什么时候买的金鱼？"我好奇地问道。

"已经好几个月了。"他淡淡地回答。

"好养吗？"我追问道。

"非常省心，几乎不用操心。"他轻笑一声。

"那你怎么不买点水草放在鱼缸里呢？"我提出疑问。

"买过，但没用，没几周就被它们啃光了。"他无奈地摇了摇头。

"那你喂鱼食吗？"我继续追问。

"你当我傻吗？喂了也没用，它们就算被撑死了也要啃。"他语气中带着几分戏谑。

"它们容易死吗？"我关切地问道。

"还行吧，一开始买了五条，现在还剩下四条。"他淡淡地说。

"你要我把这鱼缸也带走吗？"我疑惑地问道。

"当然，难道要我托运吗？"他理所当然地回答。

"我可不会养啊。"我面露难色。

"没事，很简单，一个月不喂都没关系，主要就是别多喂，它们会把自己撑死。"他耐心地解释道。

鱼缸异常沉重，我在洗碗池前倒掉了一半的水。那群红色的金鱼在水中奋力游动，仿佛察觉到了什么异样。它们长裙般的尾鳍在水中漫无目的地飘荡，如同在诉说着无言的忧伤。

一先临行前的几日，与我们同住一处。他的脸上虽然平静如初，但在夜晚饮酒时，却能看出他试图用酒精来麻痹自己。而他确实做到了，两杯啤酒下肚，他便红着脸陷入了梦乡，留下我和白石在沙发上继续闲聊。

"这哥们睡得可真快。"白石随意地按着电视遥控，语气中带着几分调侃。

"挺好，还没来得及难过就睡着了。"我仰头干掉瓶中的啤酒，感慨道。

"他家老太太我见过。"我朝白石晃了晃空酒瓶，继续回忆道，"去年我去上海游玩时，住在他家。一先去机场接我，到家已是深夜。客厅的地上堆满了西瓜，墙上挂满了十字绣。老太太正在看电视，看到我们回来，便起身给我们做夜宵。当时她看起来身体并无大碍，一点儿也看不出病重的迹象。那一幕我记得特别清楚，因为她问了一句在北方人听起来很不可思议的话：'你吃几个馄饨？'"

"南方人是这样的。"白石递给我一瓶已打开的啤酒，轻声说道，"最后一提了，明天出门别忘了搬箱酒回来。"他看了一眼鱼缸中仅剩的半缸水和那些金鱼，然后拿起一本杂志走进厕所，继续他的消磨时光。

电视屏幕上，政府近期遣返非法移民的新闻正被温柔地重播着。直升机镜头缓缓掠过，一群爪哇人站在简陋的屋顶，高举着写有"求助"字样的牌子。另一面飘扬的南十字星旗下，搭建着临时避难所。在那里，即便是乌龟背上那不易察觉的微小生命，似乎也在诉说着无声的哀歌。铁丝网内外，安全挑战同样严峻，以不同的形态展现着。瑙鲁岛的孩童，在白昼时分向镜头展示他们纯真手工制作的日历，而夜幕之下，却掩藏着不应存在的阴霾。圣诞岛上，异教徒们在节日前夕不慎引发的火灾，让岛屿化作了火的海洋。塑料翅膀的昆虫在火光中纷飞，然而，在这片灾难之中，我们更应铭记，希望与重建的力量永远存在。

在谷歌地球那精密的视角下，以每厘米代表五百公里的尺度审视这个世界。你会发现，若以一颗平和之心观察，即便是那些微小的标记，也仿佛是地球上每一个生命故事的注脚。前提是，我们以宽容和理解为镜。人类的历史长河中，各种信仰与理念交织。无论是十字军的征途，还是佛教徒的宁静，都是人性多样性的体现。然而，真正的和谐，在于我们能否超越差异，以道德之光照亮彼此的心灵，而非让误解与仇恨的火焰燎原。窗外，偶尔响起的警笛，或许只是日常的一部分，提醒我们，真正的平静，往往藏匿于不显眼的日常之中。

午后，阳光正好。我与一先漫步于乔治大街，决定前往环形码头，搭乘渡轮，享受一段悠然的时光。码头边，露天咖啡馆座无虚席。菜单设计得如同报纸，增添了几分文化的韵味。中国游客戴着统一的白色帽子，欢声笑语中记录下旅行的美好瞬间。而当地艺术家的迪吉里杜管声，穿越千年的孤独，在这片红土地上回荡。轮船上，孩子们的欢声笑语，如同夏日微风，吹散了所有的烦恼。

夜幕降临，白石提议去体验一次按摩，为一先的旅程画上圆满的句号。尽管最终未能成行，但那份心意，已足够温暖。在机场，我们简短地告别，肩并肩地拍打，是对彼此未来最好的祝愿。我独自回家，试图在回笼梦中寻找片刻宁静，却意外地被梦境的碎片唤醒。发现今日是月初的周六，便决定前往沙梨山的旧货市场，寻找一丝生活的乐趣。

走在人群中，我渐渐放慢脚步，学会了在喧嚣中寻找内心的平静。市场上，青年男女以独特的装扮诠释着个性，仿佛在过一场穿越时空的狂欢节。尽管大多数摊位上的商品略显平凡，但老唱片与版画却如同时间的低语，诉说着过往的故事。我在土耳其煎饼摊品尝美食，与远方的朋友通话，分享彼此的生活点滴。阿泰正为考试忙碌，而我与白石，还需再度迎接新学期的挑战。坐在红砖矮墙上，可乐的气泡在舌尖跳跃。我凝视着对面图书馆内专注的人们，以及墙角肆意生长的竹子。竹子虽不及水墨画中的雅致，却以最真实的姿态，展现着生命的活力。

酒馆里，几位老人悠闲地享受着午后的阳光。他们的笑容，如同冬日里的暖阳，温暖而宁静。街头巷尾，人声鼎沸。

每个人的脸上都洋溢着幸福与满足。冰激凌店的队伍虽长，却也是周六正午最甜蜜的等待。在这片繁忙而又充满活力的土地上，我学会了欣赏生活中的每一个瞬间。无论是喜悦还是挑战，都是生命旅程中不可或缺的风景。

分　手

　　当大陆再次频繁地出现在我们面前时，他带来了一则令人心情沉重的消息——他与四川姑娘分手了。从外表上看，他的变化极为明显。原本精心打理的发丝，如今无力地贴在他圆润的额头上；嘴唇周围则围着一圈杂乱无章的胡茬，仿佛是在用这种独特的方式来纪念那段已然逝去的恋情。分手的原因，他自己也说不清楚，只是一味地在我们面前絮叨。从曾经的热烈相爱，到如今因小事争吵不断，感情的温度逐渐降低。几次沟通无果后，四川姑娘选择了和平分手。她以一种想要承担更多责任的姿态，告诉大陆她想要换一种生活方式，去追求自己真正向往的日子。正如那句老话所言："会不会想家，只有离开了才知道。"即便四川姑娘的动机真的如此，我们也能理解她的选择。

　　然而，大陆在痛苦的同时，也感到深深的委屈。这种自我升华的委屈感，在分手期间如火山般爆发。他犹如被无情地拔掉了生命的氧气管的濒危病人。他们最后一次争吵，争执、辩解、泪水与咆哮交织在一起。大陆似乎拿出了所有的勇气，但最终还是不欢而散。接下来的日子里，失落与痛苦如影随形，每一种悲伤的情感都紧紧缠绕在他的心头，久久无法散去。此刻的他，就像一只被海浪冲上岸的水母，无助地等待着命运的终结。

我和白石都清楚，虽然眼前这个小胖子善良而又可怜，但我们实在没有什么理由去诋毁四川姑娘。无论是性格、脾气、为人处世，还是给人的第一印象，乃至家庭出身和学习成绩，四川姑娘都优于大陆。更不用说他们在外貌上的巨大差异。我曾多次被不熟悉他们的人在私下询问，大陆是不是特别有钱。白石对四川姑娘最"恶毒"的攻击，也不过是调侃一句："换一种生活方式，她是不是搞艺术的？"然而，这句话并没有给大陆带来安慰，反而让我忍俊不禁。

在接下来的日子里，大陆几乎每天都来我家报到，仿佛我家成了他心灵的避风港。他自觉地为我们倒好啤酒，然后窝在单人沙发里，滔滔不绝地诉说着他的痛苦，仿佛要将余生都寄托在这里。有时，他也会陷入沉默，但这种沉默往往是在酝酿着更深层次的悲伤。他夹着烟、喝着酒的模样，让人不禁怀疑他已经看穿了人生，失去了爱情后，只剩下大把的时间和一颗破碎的心。我和白石通常在做自己的事情，但也会偶尔陪他聊聊天，以图分散他的注意力。

或许是大陆对痛苦的执着感动了上天，在他天天来我家报到的第三个礼拜，连绵的雨水整整下了一周。白石出门的次数明显减少，而我则因风湿病只能老实地半卧在沙发上，陪大陆一起追忆往昔。他真是个执着的人，在没有车开的情况下，每天坐一个多小时的火车往返于我家，有时连伞都不带，仿佛故意要让自己淋湿。后来，他自己也受不了这样的折腾，索性在我家住下。他说，他不想待在那个充满回忆的地方，因为那只会让他时刻想起曾经的美好，从而心情沮丧。我自然没想到他竟是个如此心思细腻的人，只好不停地找话题来分散他的注意力。我裹着一张仿毛皮花纹的毯子，膝盖疼痛难忍，有时竟忍不住笑出声来，试图用这微薄的快乐，为他带去一丝慰藉。

"你知道吗，爱情，这玩意儿，说到底，就像是一场精心编织的幻梦。"大陆仿佛从这场失恋的经历中，提炼出了某种深邃的哲理。"它不过是我们想象力的一种延伸，就像大麻和酒精，借助外力刺激神经。而爱情，则是身体内部某些化学物质——苯乙胺、多巴胺、荷尔蒙、内啡肽等，这些听起来略带神秘色彩的物质，综合作用产生的精神幻象。海洛因的效力或许只能持续十五分钟，而爱情，这种身体自带的'药物'，却能维持一两年，甚至更久。"

我从未料到，大陆竟对化学有着如此浓厚的兴趣。我说："你说的这些，我虽然不太懂，但既然是我们身体自然分泌的，那必然有其存在的意义。否则，为何我们的身体不分泌些酒精来自我陶醉呢？"

"且听我道来。"大陆的语气愈发激昂，他一口饮尽了杯中的白葡萄酒。"爱情，不过是个俗称，它实质上是一种'中毒'的表现，就像我们嗜辣，其实辣并不存在，只是身体的一种自我麻痹。为了将这种'中毒'合法化，甚至神圣化，我们创造了爱情、忠贞、婚姻、至死不渝、相濡以沫等一系列概念。它们就像宗教一样，建立在想象之上，被人为地设计出来。"

我递给他空了的酒杯，示意他帮我再倒一些。酒杯外壁凝结着细密的水珠，隔着两层棉布，我仍能感受到膝盖上那隐隐的灼热。"但这些东西，也并非全然无益啊。"我确实有些困惑，自从他分手后，我便很难再跟上他思维的步伐。白石戴着耳机，正沉迷于一款他费了两个晚上才下载好的单机游戏。我提醒他，这款游戏已经问世近十年了，他却满不在乎地说："有的玩就行了。"真是个狡猾的家伙。

"或许无害，但请记住，我刚才提到的那些'化学物质'，它们的效力终究有限，一两年，或三四年，因人而异。"

"七年之痒，我听说过，之后感情就开始走下坡路了。"我附和道。

"所以，我说爱情是个骗局，我们很难长时间维持对它的想象力。于是，婚姻应运而生。最初设计婚姻的人，一定意识到了这一点，他们用硬性规定来确保爱情的持续性。我们说婚姻受法律保护，因为婚姻本就是法律的一部分。拆散或介入他人的婚姻，在某种程度上，就是违法。然而，爱情，这个婚姻中最神圣、最基础的部分，却没有哪条法律能给予保护。因为制定法律的人最清楚，爱情，不过是个美丽的谎言。"

"但按你的说法，婚姻岂不是更大的谎言？"我提出了质疑。

"婚姻，是掩盖谎言的又一种谎言，或者说，婚姻是一场人类共同参与的集体催眠，而爱情，则是自我欺骗。"大陆的回答，带着一丝嘲讽。

"那它的目的是什么呢？"我好奇地问。

"目的？目的就是为了繁衍。"大陆似乎早已准备好这个答案，回答得异常坚定。"我们用爱情来美化体内的这种'中毒'状态，用婚姻来保障爱情，再用道德来约束婚姻。但说到底，这种'毒瘾'只持续到孩子出生的那一刻，想象力开始衰退，再多的甜蜜也无法挽回。爱情变成了内分泌失调，你根本无法控制。从生物学的角度来看，人类的高级智商，或许只是一种偶然。其实，自从你有了下一代，你就可以从这个地球上消失了。"

"但我们身边，确实有很多白头偕老的故事啊。"我反驳道。

"我不否认，有些人的想象力能一直维持到死。但我们在歌颂伟大爱情的同时，又对破碎的婚姻习以为常。我也相信，很多到老的爱情，是源于婚姻与道德的余波。"

"那这样说来，你更没必要难过了。"我试图安慰他。

"不。"大陆轻轻抿了一口酒，手指捏着高脚杯的杯座，宛如一位年轻的教授。"正因为这样，才更加痛苦。没有婚姻，没有孩子，纯粹的爱情崩塌，就像戒毒一样。"

"那什么时候才能戒掉呢？"我关切地问。

"我不知道。但我越来越觉得，痛苦也会成为一种习惯。"他回答道。

"直到你遇到下一个让你心动的女孩。"我试图给他一些希望。

"我不会再被骗了。"大陆的语气坚定，仿佛全天下的女人都曾伤害过他。

如果说恋爱中的人都是诗人，那么失恋的人，或许都是哲人。我提醒他："少看点那些无用的哲学书吧。"我知道，他读过一些这样的书。

"我以前看。"大陆将笔记本电脑连接到电视机上。"现在不看了，现在，我只是相信了。真的，自从谈恋爱以后，我就再也没翻开过一本只有字的书。"

我按下遥控器，电视屏幕上出现了一场欧冠比赛的画面。白石摘下耳机，加入了看球的行列。我掀开毯子，调整了睡裤里的护膝。这副白石从运动品商店买来的黑色松紧带护膝，确实在一定程度上缓解了我的疼痛。

大陆疑惑地看着我龇牙咧嘴的样子，似乎不明白为什么一个年轻人会遭受这样的痛苦。"真的很疼吗？"他终于问出了这个问题，我还以为他无所不知呢。

"再这样下去，我可能就要变成残疾人了。"我看着球场上奔跑的球员，半开玩笑地回答。

大陆的想象力显然还留有余地。某天，我们一同在岩石区漫步之时，他突然问我当代艺术馆是否就在附近。我好奇地询问他的意图，他回答说想去参观一下。我凝视了他两秒，发现他并非在开玩笑，心中不禁有些无奈。

"那或许不会让你的心情变得更好。"我试图提醒他。

"没关系，我来了这么多年，还从未踏足过那里。"他的话语中透露出一种突如其来的兴奋。

当代艺术馆其实就在过一条马路再走几百米的地方。在进门之前，我又一次建议他或许可以去州立艺术馆看看，那里有着更多值得观赏的艺术品。但大陆未等我话音落下，便迫不及待地冲了进去，说州立艺术馆可以留到下次再去。

不得不说，抛开艺术本身，这座艺术馆确实是一个完美的室内休闲场所。图书馆的目的过于明确，歌剧院则弥漫着一股陈年的尘土气息，而那些高档的酒吧，你总能在暗红色的沙发套上发现呕吐的痕迹。唯有这里，温度、灯光、卫生以及人群的密度都恰到好处，洗手间更是干净得仿佛从未有人在此解开过裤带。

大陆在艺术馆内始终保持着沉默，显然，他的智力正面临着巨大的挑战。的确，很少有人能轻易理解整间屋子里为何只有一根挂满了廉价太阳镜的细线从天花板上垂下。大陆围着那根细线转了十几个圈，最终只能无奈地抱着胳膊离去。被重新上过漆的水桶、崭新的救生圈，以及将双面胶染色后贴在墙壁上的若干个三角形，媒介在此变得既不重要又无比重要。所有的文字介绍都仿佛出自布朗肖之手，童年被平铺在眼前，海洋变成了一片血红。海星、寄居蟹、鲸鱼的背脊骨被化为了齿轮、纽扣与木质鞋撑。氧化铝是为了记忆，氯化钠则是为了遗忘。

"要与火星沟通，要与灵魂交谈。"观念成为这里的第一美感。寻找合理的解释变得至关重要，如果不能找到，就拒绝一切采访。去探索子宫、坟墓或梦境，陈列品变得越来越高深莫测。摄影是幻觉的切片，"空"被实实在在地摆在那里。你的左脑与右脑之间写满了像素体的问号，而虹膜与作品之间则是罂粟种子一般的省略号……

偌大的房间内，灯光如陈皮般衰老而昏暗。一台老式的索尼电视机静静地躺在地上，寂静无声。一只手拿着一把锤子进入画面，锤子被直立在一小块橡皮泥上。手离开画面后，锤子用了二十秒钟才缓缓倒下。手再次进入画面，将锤子拿走。一分钟后，螺丝刀又慢慢倒下，随后被拿走。接着是一把剪刀，也慢慢地倒下……如果你有足够的耐心，你会在十五分钟后发现锤子再次出现。如果你觉得其中有些蹊跷，你会再用十五分钟来证明这确实只是重播。在你即将发怒的瞬间，你突然露出了微笑，因为你刚刚经历了人生中最莫名其妙的半个钟头。

整个艺术馆阴凉、冷漠、不可触摸，仿佛一所废弃的精神病医院。自从一百年前那个叼着烟斗的法兰西青年抛出了那只崭新的旧轱辘以来，这辆独轮车最终会滚向何方，似乎就再也没有人能知道了。然而，河流始终不可驯服。

为了避免那难以避免的沉默，我和大陆在进入艺术馆后不久便分头行动了。出来时，大陆长长地吐了口气，仿佛他刚刚在水中完成了一项艰巨的任务。"全都是一本正经的瞎搞。"他抱怨道，"我觉得你只要把一只灯泡做得有轮胎那么大就足够了，哪怕是用纸糊的或者不会亮也无所谓。只要你能想办法把它挂在这里头。"他似乎有满腹的牢骚想要倾诉，"我特意看了一下，这里的作品大多数是购买来的。我觉得这才是真正的行为艺术，只有算上它，才能算是完整。"

从那天起，大陆似乎发现这世界上痛苦的人并不止他一个，他的心情也渐渐好了起来。随着考试的临近，我和阿泰等人的见面并不频繁。所有人都把自己关在家中或图书馆里，但无论如何，这都在心灵上给予了我们一种慰藉。我的压力并不算大，毕竟有一半的课程都已经念过一次了。而白石则有一门课是第三次修了，他反倒更加紧张。因为如果这次还没通过的话，他就只能换专业了。我对着教材上的一串串弹簧感到头晕脑涨，它们对我来说都变得如此陌生。注意力就像空中的风一样，完全无法集中。

西方有一种理论认为人是不会真正遗忘的，任何事情都只是掉进了记忆的深处。所需要的只是一把能够唤醒它的钥匙。然而我却严重怀疑这种理论的真实性。就拿我在学校学过的知识来说吧，别说一把钥匙了，就算知识本身再次站到我的面前，恐怕我都认不出来。一切都像在开车接电话时需要记下的电话号码一样短暂而不牢固。

我的桌面上放着一堆历届考生的复习资料，它们密密麻麻地堆放在一起。我常常想象着它们昔日的主人都身在何处，但始终不得其解。其中有一门课程的考试是半开卷式的，也就是说允许我们把一张A4纸带进考场，并在上面写上我们想要记住的内容。于是，中国学生的天分得到了彻底的释放。在这张A4纸的正反面上，人类肉眼所能看到的文字极限被完全展示了出来。A4纸的束缚被彻底打破，一张纸仿佛承载了整个人类的文明史。这让那些早秃的教授们始料未及，印刷术再次统治了全世界。

我交给大陆照料的金鱼死了一条。自从我往那半缸水里注满自来水以后，那条个头最小的金鱼就整天无精打采的，仿佛忘记了怎么游泳一样，只是静静地躺在鱼缸底部的一个角落里。它最终连死的时候都仅仅只是侧了个身，并没有漂到水面上来。幸亏大陆及时发现并将其打捞处理后扔掉了。按他的话说，如果再晚两天的话，水就该臭了，到那时恐怕一条鱼都别想活。

小说节

　　正如我当初所料想的那样，一先不会再回来了。他在电话里告诉我，他家老爷子帮他在上海找了一所加拿大人开办的商科学校。野鸡大学的传媒专业他不想读，好一点的学校又进不去，于是只能换专业。我说这样也未见得不好，他自己好像也没有十分在意。我问他老太太的病情如何，他说在做化疗，用的是荷兰进口的药，不掉头发。

　　当我在脑海里飞速思考还能继续说点什么的时候，一先忽然兴奋地跟我说起了这边正在举办的小说节，似乎早就料到了这可能会发生的尴尬，而事先准备好了话题。我感到十分惊讶，因为我压根不知道小说节的事情。我笑着问他到底工党会赢还是自由党会赢，一先知道我在开玩笑，便解释说因为有一个他很欣赏的中国记者会在小说节上发表演讲。那个记者的名字我听说过，但做过什么却不知道，只有一个边界模糊的轮廓，记者、知识分子、抗争者、困惑的人。一先说得不亦乐乎，建议我有时间的话不妨去看看，除此之外还会有一两个作家出席。我说马上要考试了，一先感觉有些可惜。直到挂断电话，我也没说金鱼死掉的事。

参加小说节的人比我想象中要多得多，多到几乎让人怀疑是不是搞错了地方，来到了某个廉价商品特卖会。到处都是流动的人潮，文学像浅礁处的海藻一样繁茂。所有人的脸上都带着笑，那股兴奋劲儿好像在说简直没有比艺术更加振奋人心的东西了。地点也无与伦比，一处离市中心并不算远的海湾，几座由废旧仓库改造而成的舞蹈中心临时用于小说节的举办。斑驳的墙壁，暴露着的钢筋，成捆的电线，混凝土，绿萝，爬山虎，阴影里毛茸茸的青苔，充当咖啡桌的电线木轴与汽油桶，防锈的铁椅，爱迪生灯泡，海鸥，黑色的系缆桩，金色的海面，以及一群需要浪漫的灵魂。穿过一个临时搭建的吧台和一小段走廊，中间的几间屋子大门紧闭，穿着蓝色T恤的志愿者把我带到中国记者演讲的房间，里面乌泱泱坐满了人。志愿者指给我一个似乎是仅有的座位后关门离去。演讲已经开始。四把椅子，主持人、记者、一位年老的作家和翻译呈半圆形面对观众。

不知道是由于时间的限制还是免费，整场演讲的内容十分乏味。老年作家无论是在个人演说的部分，还是在回答观众提问的环节上都给人一种模糊不清的敷衍之感。一场有备而来但内容却乏善可陈的缓慢演说，讲的东西比嚼了一整天的口香糖还没味道。关于知青的话题显然是这位老者的强项和一辈子的营养源泉，他从中提取了无限的眼泪、鲜血与葵花籽油。想象力的枯竭变成了一种时代产物，荒唐的岁月让整个世界瞪大双眼。革命之后便是一场文艺复兴，并且产量惊人。全人类都对奥斯威辛的幸存者表示尊敬，无论他以前是小偷、纵火犯还是流浪汉。至于回答观众的提问则完全陷入了一种官僚式的暧昧，所要表达的观点比口齿还不清晰，一场盲目的乐观背后我更愿意相信有诸多不便。

记者的样子比我想象中要苍老一些，皮肤状况糟糕，黝黑，健谈，北方口音，声音温柔，情绪易激动。与作家相比，记者显然更符合台下观众的胃口。不论是在东方还是西方，对自己国家的担忧与挖苦都似乎更容易博得深沉和幽默的美名。观众们毫不吝啬自己的掌声。短时间内只需要一种观点，拍或不拍，你总得做点什么。叫倒好是一种危险的行为，罪名是缺乏教养，惩罚是被流放至山巅。没人能在掌声响起的时候听见不鼓掌的人的声音。

整场演出大约持续了一个半小时，我跟着散场的人流缓慢移动，鲜少见到中国面孔。观众里以步履蹒跚的老年人居多，看来作者与读者的老龄化问题都很严重。按照主持人在临散场前的说明，我找到了那间卖书的屋子。房间很大，也许有一个篮球场大小，五花八门的书成摞地堆放在临时拼在一起的铺着白布的折叠桌子上，从美食到政治，无所不包。几位作家以一臂左右的间隔像小学生一样并排坐在房间的一角签名售书。收银台与某些作家的面前都排起了长龙。整个房间像一个农贸市场，书像颜色各异的辣椒一样排列整齐。人们驻足，拿起，放下。散发着新鲜油墨味，厚实却轻盈的再生纸让人心情愉悦，与教科书那种动辄上千页的双面铜版纸相比显然亲切得多。我信手翻阅着封面吸引我的书籍，每一本的腰封似乎都过于用力，试图勒出一尺维多利亚式的细腰。时代的良心，知识分子的良心，资本主义的良心，美国人的良心，俄国人的良心，仿佛全世界的良心都摆在你面前这一溜长桌上。每一本书都至少有一个世界纪录，格雷女士到处发表感想，所有书都应该第一个被阅读。假如你今年只能选一本书，那么你用三百六十五天也读不完它。

我拿着中国记者的书在收银台排队，把他的签名书当成礼物寄给一先是我忽然打定的主意。可惜在我结账之后，作家的那排桌子后头已经不见了记者的身影。我向附近的几个正在闲聊的志愿者询问，他们也弄不清楚，想必是离开了。我看着手里这本厚厚的、印着熟悉国旗的书，不知如何是好。年老的中国作家在不远处向我投来和善的目光，像余晖一样不亮不暖也不刺眼，我知道他在看着我，这里的中国人少得可怜。我忽然感觉局促，便拿着书走到了室外。

几间仓库像滑板上的轮子一样紧紧守着一条 C 形的海湾，这里在过去应该是货运的码头。室外有一片很大的空地，近处人声嘈杂，远处波光粼粼。咖啡、啤酒、薯条、炸鱼，应有尽有。拿着漫画书尖叫的小女孩，站在高脚桌旁写字的年轻人，躺在遮阳伞下的长椅上看书的妇女。我喝了一杯咖啡后又喝了两瓶啤酒，然后拿着一杯红酒坐在沿海的台阶上对着海面发呆。远处一条小艇平行驶过，上头似乎有人在狂欢，有那么一刹那我听到了隐约的音乐声，几个女孩站在甲板上跳舞，那举过头顶的微屈的手臂不会是别的动作。小艇越驶越远，直到在另一个海湾处隐没不见，身后一条被无故翻起的浪花很快便又回归大海，无影无踪。一个衣着体面的老人在我旁边三米左右的地方缓慢而小心地坐下，打开一盒蔬菜沙拉后慢慢地吃着。我俩的目光相遇，微笑之后我看到他的两条腿像孩子一样在水面上空荡来荡去。老人的身材不算高大，却给人结实的感觉，好像凭这副身躯起码还能再活个二三十年。他的脸庞宽阔，线条分明，几道深深的皱纹给人一种坚毅的感觉。老人的眼神让我想起了海明威。

那可真是条硬汉。我喝了一大口红酒。年纪一大把了还能一枪把自己轰死。世界上简直没有比选择自杀的老家伙更勇敢的人。比如海明威、川端康成、茨威格、罗宾·威廉姆斯，三毛虽然没有那么老，但选择用丝袜上吊，也是好样的。鲍勃·迪伦应该不会解决掉自己，但越老唱起歌来酒味越重，巴勒斯那只"老毒虫"到死前养的猫比他自己身上的肉还多……

也许是午后的阳光加速了我体内酒精的挥发，我感觉有些犯困。我站起身又回到那间卖书的屋子，这次不光记者不在，连年老的作家也离开了。我掂量着要不要把书退掉，最好的理由就是我那个不存在的女朋友已经买过了这本书，但我觉得这样未免有辱斯文。于是带着书和醉意回了家。书被我塞进书架。假如用母语之外的语言去创作是在撒谎，那么译本则无异于一种无奈的残忍。几天之后我和一先通话，并没有告诉他我去了小说节的事情。

我时不时地给那个女孩打几通电话，所说的大多是一些无关痛痒的蠢话，挂断电话之后没有一次我能对自己的表现感到满意。越是为了表现出一种若无其事的样子，越是使整个聊天陷入一种莫名其妙的尴尬，好像明知道自己的感情拿不出手却还硬要尝试一番。与喝酒刚好相反，我在感情上总是犹犹豫豫，踌躇不前。面对自己喜爱的事物也从不敢主动争取，我认为这多少和我儿时的经历有关，一旦主动到最后往往就要倒霉。靠着这种心理暗示我一直活到现在。用白石的话说，到了暧昧的程度就已经心满意足。而在我自己看来，白石的话显然是一种抬举，这一切连暧昧都无从谈起。女孩若即若离的态度让我摸不着头脑。她似乎对我很好，但她似乎对每一个人都不坏。她从来不会主动打电话给我，但每次和我聊起天来又都格外地真诚与投入，以至于我无数次的局促都要靠她的善良与笑声来化解。

我们照例在考试的前几天聚集在图书馆复习，这是能长时间和她待在一起的最好机会，哪怕她并不坐在我的旁边。四川姑娘在有大陆的场合几乎不再出现，阿泰因为是最后一个学期而忙得焦头烂额，一脸的难受样。我看着不远处她那张姣好而平静的面容，心里想着那些互道晚安的夜晚与无数的闲谈，内心无比激动。粉红色的双唇丰满且轮廓鲜明，我知道那里能吐出怎样的笑声与安慰，而此刻它正紧紧地闭着，在两米外守护着一个只有我知道的秘密。我拉着白石像两个痴呆儿一样向她请教正确答案，天知道她怎么能把一年前的东西记得如此清楚。白石听得一本正经，我知道他脑子里应该也是一片空白。这门关于平衡的艺术我从来就没有搞懂过。假如让我给上帝写份简历的话，那么他一定是个业余发明家、职业会计。如果恋爱要以学习成绩来划分，那世界上恐怕就没有几个姑娘能留给我了。

阿泰在成绩还没有出来的时候就已经找到了一份体面的银行工作。这帮祖籍福建的家伙总是异常地团结，能够在任何领域通过局部的"渗透"逐渐成为大多数。无论是银行、装修队还是印刷厂，一个福建人带来的往往是一群福建人。我们照常像世界末日一样地喝酒，每一次聚会似乎都有人要离去，以欢送为理由的干杯总是异常豪迈。一张并不算熟悉的脸在我的不远处目光呆滞，一颗脑袋越沉越低，好像裤裆那有什么非看不可的东西。又过了没多久他开始把自己并不算瘦弱的身躯往沙发与矮桌之间的缝隙里塞，脚、膝盖、肋骨、肩膀、臀部，柔软得像一坨融化了的巧克力。我们把这个显然是醉了的家伙从缝隙里拽出来，他似乎恢复了一点知觉，不停地嘟囔着让我们关掉空调。我们把他扔到拐角处的沙发上，和一堆名牌女包窝在一起。直到一个女孩要去洗手间补妆的时候，我们才发现他已经像只螃蟹一样吐了一串的沫子。我们试图把他拉到厕所去吐，结果发现他根本与尸体无异，两只手像两条死鱼一样又黏又凉。我们感觉情况有些不妙，于是找来了保安。

救护车来的时候这个昏迷的家伙已经被我们抬到了门口，盖在身上的保安制服让他看起来像个因公殉职的警察，浑身上下比丁尼生笔下的海妖还要湿冷，苍白的脸上泛着病殃殃的光。另一张我不熟悉的脸陪着他去了医院，我们换了个地方喝酒，救护车闪着来自静脉与动脉的光。

散散酒气吧

　　若非阿泰打来电话，约我在他下班后共进晚餐，而我又恰好在他公司附近，我可能永远不会放慢脚步，细细审视这片高楼林立的商业区。尽管我曾无数次穿梭其间，前往岩石区、市政厅或国王街码头，但这里似乎总是与我保持着一种微妙的距离。我站在巍峨的写字楼前仰望，心中不禁遐想，这仿佛是人与微小昆虫之间的比例对照。金色的旋转门永不停歇地旋转着，身着蓝色西装的男士与深灰色套裙的女士们如同勤劳的白蚁，忙碌地穿梭其中，厚重的公文包内满载着希望与梦想。与人结伴而行的脸庞上挂着和煦的微笑，声音中洋溢着自信，眼神里闪烁着满足的光芒；而那些独行者的脸上则写满了焦急与困惑，沉默中偶尔闪过一丝寂寥。保安的目光在我身上稍作停留，我自觉地站得离大门稍远一些。

　　马路两旁的高楼如同紧密排列的桦树桩，垃圾桶则披上了坚固如犀牛皮的盔甲。这片区域随处可见中国人经营的报刊亭，它们不仅售卖矿泉水，还有六元一份的水果沙拉。营养午餐、电话会议、彭博终端、固定收益、健身房、养老金……这些词汇构成了这里独有的节奏与旋律，但同时也伴随着肩周炎、焦虑症等现代职业病。阳光照亮了整片天空，却似乎难以穿透这片繁华的地面，整个城区宛如一个巨大的蚁穴，倒扣在喧嚣的尘世之上。

星期五的傍晚，这片市中心的小区域从五天的忙碌中苏醒过来，迷雾逐渐消散，夜色开始变得透明而深邃。这里不同于沙梨山的那种"粗犷的活力"，而是处于一种微妙的灰色兴奋之中，黑与白在这里交织出无尽的变幻。工作与逃离、紧张与疲惫、机械与敏感、麻木与混乱……这里既孕育着希望，又让人感受到绝望；既能创造财富，又能让人陷入贫困的泥潭。

阿泰身着一袭黑色西装，从旋转门中缓步而出，宛如一位初出茅庐的特工，新剪的发型整齐有型，皮鞋崭新发亮，衬衫洁白无瑕，公文包也显得格外精致，虽然里面似乎还空空如也。"你该换条领带了。"我笑着打趣道，目光落在那条过于细窄、迪奥风格浓郁的黑色领带上。阿泰憨厚地笑了笑，似乎故意要弄乱自己的发型。

我们在附近的一家日本寿司店坐下，品尝着梅子酒，巨大的球形冰块占据了整个酒杯。寿司师傅身着整洁的制服，忙碌而专注，一脸严肃，仿佛对每一份食物都倾注了全部的心血与热情。阿泰显然已经摆脱了初入职场时的紧张与不安，他彻底融入了周围的环境，说起话来滔滔不绝，整个人洋溢着兴奋与自豪。

他向我讲述着公司里的趣事与人物：罗伯特即将迎来四十年的职业生涯，那时的办公室烟雾缭绕，电话铃声此起彼伏；珍妮在四年内生了三个孩子，休产假的天数甚至超过了上班的天数；整个部门的最高长官是一位单身六十年的老太太，关于她的财富传说数不胜数；美国人总能把正经事说得像笑话一样轻松幽默，而英国人则把笑话讲得一本正经；中国人像随时面临裁员一样埋头苦干，日本人则不停地道歉以示谦逊；浪漫的意大利人让一切都充满了诗意与美感，连骂人都像是在吟唱歌剧；售后部门则永远设在印度，因为他们的语言对于大多数人来说都如同天书一般难以捉摸……

一顿饭下来，我几乎已经对公司的人事状况了如指掌。阿泰的变化让我刮目相看，我盯着杯中因温度变化而发出轻微爆裂声的冰块，仿佛感受到了一种慢性的电击疗法，它适用于一切需要摆脱成瘾的人。阿泰热情地表示，等我毕业后也要把我介绍进公司，我欣然接受了这个提议，一口梅子酒下肚，心中充满了愉悦与期待。乙醇的果香让人心旷神怡，我知道阿泰言出必行，就像冰块在酒中会不知不觉地融化一样。

临别之际，我询问阿泰与荔礼的近况。如果不是我主动提起，他可能什么也不会说，哪怕孩子已经出生，他也打算默默地抚养长大。出于礼貌性地相互关怀，阿泰反问我那个姑娘离开后我该如何应对。我坦言自己对此一无所知。片刻之后，我从阿泰那里了解到了他所知道的一切情况。显然，他并没有向我隐瞒的必要，也不会因为我迫不及待地询问而让我知道得更多。他只是以为我早就获悉了此事。而我确实有很多事情需要思考，没有必要站在漆黑的冷风中发呆。

我加快了回家的步伐，梅子酒的香气从我身体的每一个细胞向外扩散。我弄不清自己究竟是更醉了还是越来越清醒。自从她考完试回国后，我确实有一段时间没有联系她了。但这一定不是因为我做错了什么，即便真的有错，也不可能是因为我。再说，一段时间又能有多长呢？三个星期？还不到四个月？算了吧。可是她为什么要搬去那个遥远的城市呢？那个距离我们一千公里之遥的雨都，那里有着运动狂热者、旧金山的亲弟弟、一群对奇特帽子情有独钟的英国人、漫天的鸽子以及遍地的鸽子屎。涂鸦、关节炎、狭窄的唐人街、叮当作响的有轨电车以及外地人永远搞不懂的车票购买方式……我所认识的每一个从那里过来的人，都仿佛离不开某种刺激物来应对那里的糟糕天气所带来的抑郁情绪。难道这里的冬天还不够阴冷吗？我不知道是否应该打电话过去问个明白，但我终究没有这样做。她没有告诉我一定有她的理由，或许是我从未问过她，或许她在等待一个更好的时机。阿泰说他也是刚刚才知道的，那个女孩告诉了荔礼，荔礼又告诉了他。女人之间就是这样，她告诉你这是个秘密的意思就是希望通过你把这件事情传达给全世界。阿泰不会骗我，我一定不会是最后一个知道此事的人，一墙之隔的白石可以作证。

　　我应该耐心等待她亲口告诉我这一切的真相，那一定是一个不得已或是微不足道的理由。人是会莫名其妙地爱上一座陌生城市的，更何况是一个年轻又美丽的女子呢？我应该再多一些耐心，毕竟她没有理由一定要在第一时间通知我，即便我认为我们之间应该无话不谈。毕竟她还没有离开这个国家，此刻她的家与我相隔不过二三十里。毕竟她也看到了这朦胧的花火，不忍心看到我伤心难过。她是如此善良的女孩，我甚至有点责怪阿泰的多嘴多舌。毕竟我还没有毕业，再说我又何曾想过在这个城市终老呢？

　　我就这样，在朦胧中睡去，又在晨光中醒来。一夜的纠结与自我慰藉，在朝阳的照耀下渐渐消散，仿佛经历了一场漫长而疲惫的梦境。而桌边那瓶未启的啤酒，静静地躺在那里，未曾触碰。我满怀心事地浇灌着花朵，从昨晚纷乱的思绪中细细挑选，未来的图景如同毕沙罗笔下的农舍，既模糊又清晰可辨。一个念头突然涌上心头——我必须尽快毕业，否则一切都将无从谈起。这个结论让我自己也感到惊讶，不禁哑然失笑。

　　于是，我迅速行动起来，拨通了阿泰的电话，请求他将所有的复习资料通过邮件发送给我。他略显惊讶地问我是否饮酒过量，我笑着否认，并催促他不要多言。随后，我前往超市，购买了一大堆零食：方便面、巧克力、橘子、香蕉、果汁和水果糖，准备全力以赴地投入学习。白石看着我手中的印度捞面，好奇地询问我是否在外遇到了什么麻烦，我笑着让他别多管闲事。

就这样，我风风火火地忙碌了一天半，终于感到有些疲惫。我意识到，学习固然重要，但也不能忽视自己的身心健康。于是，我决定给自己放个假，好好放松一下。白石最近在赌场小有收获，而我则除了心中的那份坚定与执着，别无他物。阿泰自从工作后，每周日晚便开始实行禁酒令，直到周五下班才结束，因此这段时间去找他并无意义。大陆还在国内，如果无法尽快在我们留学的国家找到一个拥有永居身份的妻子，他可能将面临被遣返的命运。尽管他所学专业听起来颇为高端，但在移民局眼中，却并未得到应有的认可。不过，我们一致认为，他对此地并无太多留恋，尤其是自那次与四川姑娘分手之后。

我和白石在帕丁顿度过了一个悠闲的下午，阳光洒满大地，滑板、脚踏车和斗牛犬随处可见。朋克男女穿着厚重的皮靴，站在音像店门口吞云吐雾；老酒鬼手握牛皮纸包裹的酒瓶，坐在长椅上享受着温暖的阳光；文身至牙龈的酷哥依旧穿着那件破旧的黑色套头衫，戴着帽子，眼神中透露出一种神秘的光芒。牛津街上，服装店、家具店与肉店交织在一起，情侣在街头热吻，流浪汉则捡拾着烟头，空气中弥漫着面包房的香气。英国的衬衫、意大利的皮鞋、手工戒指……当白石口袋里的钞票逐渐减少时，我们决定找个地方享用美食。

我注意到一连串酒吧，戴着右耳环的老者消瘦而孤独，独自坐在窗口品味着啤酒。我笑着向白石提议进去坐坐，但他干咳一声，婉言谢绝了。几分钟后，我们走进了一家不起眼的意大利餐厅，此时时间尚早，客人并不多。我们点了一大桌美食：海鲜面、比萨、焗大虾、小羊排和烤蘑菇。菜品不仅分量十足，而且造型精致，味道更是出乎意料的美妙。于是，我们临时决定将可乐换成了红酒，为这美好的时光增添一份浪漫。

"前两天我在学校碰到了安东尼那个大块头。"白石随意地提起话题。

"哦？你不是和他有一门课是同班吗？"我好奇地问道。

"是的，但我很少去上课。"白石品尝了一口服务生推荐的意大利红酒，满意地点了点头。

"然后呢？"我继续追问。

"我们坐在一起时，他开始向我八卦起一个人来，你还记得大壮吗？"白石问道。

"当然记得，他怎么了？"我好奇地问道。

"听说他刚毕业就结婚了，现在混得不错，在政府部门实习呢。"白石说道。

"哈哈，他终于开始'打劫'别人了吗？"我开玩笑地说道。白石似乎没明白我的意思，我继续追问："还有呢？"

"他还说林胖子家好像很有钱。"白石继续说道。

"哦？我只知道他整天对着那两台破电脑等死。"我惊讶地说道。

"看不出来吧？据说这件事在当地还上了报纸，是一则大新闻。通过艺术品拍卖变相受贿，好像是因为一个书法家出了问题，结果牵连出一大串名单，他爸排在第二位。"白石说道。

"他爸是做什么的？"我好奇地问道。

"好像是一家钢铁厂采购部门的'一把手'。"白石回答道。

"真是让人惊讶。"我感叹道。

此时，一阵轻微的声响打断了我们的谈话。一对年轻的情侣在我们旁边坐下。我顺着酒杯的方向望去，目光在他们身上停留了几秒。男的穿着一身剪裁精良的浅灰色西装，看上去像是刚刚下班；女的则穿着一件黑色的半袖衫和黑色牛仔裤，胸口印着某家咖啡馆的图案。他们的出现为餐厅增添了一份别样的风情。

白石自始至终都沉浸在比萨与大虾的美味之中，这些菜确实令人赞不绝口。而我，则手握酒杯未曾放下，这红酒的品质也着实令人无话可说。数日来，学习的烦闷与紧张似乎都被这醇厚的酒精所化解，变得模糊而不再那么令人压抑。很快，我们又点了第二瓶红酒，服务生还未走近，便看到我手中轻轻摇晃的空酒瓶，会心一笑，转身离去，这种感觉美妙至极。

"你知道吗，我上大学前曾在北非度过了一年时光，那是一个完全伊斯兰风格的国家，所有的建筑都呈现出白色或浅黄色，一年四季都笼罩在酷暑之中。"我缓缓说道。

"你之前提到过，但你去那里到底是为了什么呢？"白石插话道，手中的比萨被他卷得像春卷一般。

"目的有很多，但最终都化作了平凡的日子。"我回应道，并与白石碰了碰杯，示意他不要打断。"你知道那里的人们一天要做五次礼拜，洗手洗脚，铺上地毯，朝着麦加的方向虔诚跪拜。音乐悠扬，却让人昏昏欲睡。所有的学校、公共厕所、图书馆、澡堂，都设有礼拜室。有一次，我常去的那家土耳其浴室里人很少，对于当地的年轻人来说，这是一项不小的开销。他们买烟都是按根来计算，而且洗与不洗并无太大差别，因为还没等你走到家，这澡就算白洗了。所有人都拿着水瓢坐在小板凳上清洗身体，一人一个洗手池，不能脱光，只能围着一条大毛巾。如果你想清洗私密部位，那就得像在路边解决内急一样偷偷摸摸。等我洗完在更衣室准备换衣服时，对了，他们那里连锁衣服的箱子都没有，只有一排排的衣服钩。无论是出于贫穷还是道德的坚守，他们都显得相当自信。我正在擦头发时，一个当地人朝我走来，一脸络腮胡，看上去有四五十岁的样子。他站在我面前嘟嘟囔囔地说了一大堆，我根本听不懂。突然，他一只手抓住我的手腕，另一只手解开我的毛巾，试图将我的手往他的私处拽。我吓得赶紧抽出手来。周围一个人都没有，我一边忙着穿衣服，他一边继续嘟囔，意思是让我等他，他要做礼拜，做完后在门口见。我吓得魂飞魄散，穿好衣服就逃之夭夭了，从那以后，我再也没去过那家澡堂。而最不可思议的是，这个奇怪的家伙跟我嘟囔完后，就真的趴到毯子上去做礼拜了。"

饭店里的人越来越多，窗外的天空已是一片黑蓝。莱昂纳德·科恩那富有磁性的嗓音在嘈杂的人声中激昂地唱着："我们先拿下曼哈顿，再搞定柏林……"

"这两天手气如何？"我随意找了个话题，酒精的作用让我的说话欲望高涨。

"还不错。"白石愉悦地回答。

"总战绩怎么样？"我追问道。

"那肯定还是输啊。"白石不假思索地回答。

"还不如拿来买东西呢，好歹能看见实物。"我朝堆放在脚边的购物袋瞥了一眼。

"没办法呀，赌博这毛病难戒。"白石苦笑着叹了口气。

"假如只能选一个呢？"我追问道。

"那肯定还是选左手啊。"白石开玩笑地说。

"我问你的是去商场还是去赌场，谁问你用哪只手了？"我哭笑不得地纠正道。

"这两个又不冲突，如果非要选……"白石停下来想了想，"那就年轻的时候去商场，年老的时候去赌场吧。"

"你知道太热衷于购物是一种病，一种精神性失调，需要治疗。"我提醒道。

"这在我身上可不存在。钱多的时候就多买，钱少的时候就少买，没有钱就不买，这可以戒掉。我最近花钱已经收敛了很多，你没发现吗？"白石反驳道。

"你这么一说好像是的，怎么搞的，输太多了？"我好奇地问。

"这只是一方面。"白石笑着喝酒，"我前两天看过一篇文章，写得很有意思。说在这样一个奢侈品盛行的社会中，我们通过消费所追求的其实都只是表面的光彩。钻石会反光，玻璃球也会反光，但反光从来都不是物质本身。就像没有一个女人能确切地告诉你钻石到底美在哪里，只要你给她看了一万美元的发票，她根本就不在乎套在手指头上的是钻石、塑料还是玻璃珠子。"

"我懂你的意思。"我点了点头。

"你明白吧。再比如说，一个买法拉利的人对车子的热爱并不会比一个修车厂里充满好奇心的学徒多上哪怕一点；一个装腔作势的美食家也不会比非洲饥饿的儿童更懂得食物的真谛。所以从某种意义上说，凡·高是个幸运儿。想明白这一点，我们就应该明白，当我们在试衣间里扭来扭去、照来照去，觉得买下这件衣服就能让自己变得更时尚时，我们可能还不如小时候在过年时穿上一件新衣服更显得有魅力。"白石继续说道。

食物已被撤下，酒还有些许剩余。看得出白石并没有要停下来的意思，我呆呆地点了点头，陷入了沉思。

白石在酒后的言辞总是令我惊叹不已。他缓缓说道："那篇文章中提到，人类向来对物质缺乏忠诚，但这并非全然坏事。人类之所以能够进步，很大程度上得益于我们不断追求并完成交易的过程，而非仅仅着眼于最终所得。最让人心生向往的，永远是那个尚未触及、无法拥有的东西。当一切以经济为衡量标准时，我们往往变得既无所不能又步履维艰。消费最初像是一道枷锁，束缚着我们，而后我们又通过集体意识来自我催眠。当所有人都沉浸在这种催眠中时，集体意识便悄然转化为集体无意识。于是，我们便开始依赖品位、爱好、档次等虚无缥缈的词汇来为自己的行为开脱。正如盲人眼中没有世界，他们反而能更容易地洞察世界的真相一样。假如一个盲人在求婚时也掏出一枚钻戒，那必定是有人在暗中作梗，否则他应该会用那双血淋淋的双手捧出一束玫瑰，深情地说：'这是我闻过世间最美的味道。'我们总以为钱是工具，但真相往往是，它最终会反过来吞噬我们。为了积累更多的财富，我们不得不付出血汗。至于赌博，它从来都不是奢侈品。当你坐在赌桌前，心中满是发财的渴望，梦想着将那一摞筹码变成更多，尽管你清楚，最终很可能一无所获，但你依然义无反顾。因为这场交易的本质就是欲望，而你眼中的反光，正是你的野心……"

"你从哪里看到这些深刻的见解？"我好奇地问道。

"是在一本时尚杂志里，旁边还印着一件价值两百万港币的金色巴宝莉鳄鱼皮风衣。我本以为它是讲衣服的，没想到却有这样的内容。真是狡猾，太狡猾了。简直是叛徒，绝对的叛徒。"白石边说边将瓶中剩余的酒均匀地倒入我们的杯中。

"所以，这就是你最近不再购物的原因？"我试探性地问道。

"去你的吧，我是因为输得太多了。"白石笑着回答。

两瓶红酒见底，旁边的情侣不知何时已经离去。我找来服务生结账，发现饭店里的人数与刚进来时相差无几。

我们绕了很久才找到汽车。白石启动引擎，车灯瞬间照亮了昏暗的小巷。

"不会有警察吧？"我问道。

"应该不会吧。"白石回答。

主路上的行人络绎不绝。我摇下车窗，将头伸出窗外，迎着风张大了嘴巴。月光皎洁，一排排路灯将世界映照成金黄色。

"你在干什么？"白石好奇地问。

"散散酒气。"我回答。

"你散酒气也没用啊，你表现得正常点，警察就不会来找你了。"白石说。

我在风中张着嘴巴大笑。

躺在漆黑的房间里，我的脑海中浮现出一个大胆的想法，并因此激动不已。我决定在毕业后搬去那个城市——那个拥有明黄色火车站、维多利亚式小楼、赛马场与网球场的城市。我还要买一把漂亮的雨伞，伞把上装饰着金属的狐狸脑袋，沉甸甸的，这样一来，下雨就不再是一件令人厌烦的事情。

很快，这个想法便得到了认可，成为我的决定。在去那个城市之前，我要找一个合适的时机把这个决定告诉那个女孩。也许是在她的毕业典礼上，也就是在那一大群中国台湾同学、中国大陆同学共同庆祝的时刻。我暗自思量："我必须再主动一点，再勇敢一点。"在自言自语中，我满意地进入了梦乡。

一则消息

　　清晨醒来，我感到头有些沉重，红酒似乎从来都不是我的强项。加之归家途中一路迎风，嗓子里的不适仿佛加剧，连咽口水都变得异常艰难。在为手机连接充电线的那一刻，我意识到事情的发展比我预想得要快许多。昨晚，在酒精的催化下，我已分别向大陆和阿泰发送了短信，告知了他们我即将做出的勇敢决定。查看短信发送时间，我已然不记得有过这一举动。但幸运的是，这个决定并未因日出的到来而有所动摇，相反，我满心欢喜地迎接新生活的曙光，期待着它带来的无限可能。

　　经过一番深思熟虑，当我最终向白石透露这个决定时，内心充满了对幸福的执着与即将面临的离别的感伤，几乎要落下泪来。我告诉他，六月份考试结束后，我便将前往西南方向的那座城市。"原因你也知晓。"年轻时的疯狂，或许正是我们最宝贵的财富。如果一切顺利，那座城市将成为我爱情的见证。我将找到一份工作，无论它是仓库管理员、超市售货员，还是咖啡师、会计师，开始总是最重要的。我会拥有一辆车，与心爱的姑娘一同在陌生的街道上探索，我的余光总是能捕捉到她美丽的侧脸。那曾仅仅为了进入酒吧而考取的驾照，如今将拥有更加美好的用途。我将调整作息，拥抱清晨的阳光，毕竟，人并非蝙蝠，无须依赖月光。我还将减少饮酒，学会清醒地离开餐桌，至少不再像现在这般，每日枕着酒瓶入睡。未来的日子里，我将要做的事情还有很多，而这一切，又怎么会不顺利呢？

为了弥补内心的愧疚，我一直在为白石如何在我离开前找到新的房客而操心。同时，我所购置的家具也将无条件留下，真诚地希望他能常来那座城市看我，我们继续把酒言欢。白石表现得过于冷静，建议我最好等到成绩公布后再做决定，这让我有些失落，但并未改变我的决心。

阿泰在惊讶之余，对我的决定表示了由衷的钦佩。从一个熟悉的异乡前往另一个陌生的地方，确实需要勇气。他为难的是，对于我在新城市的工作，他无法提供帮助。但他始终是一个善良的人，我告诉他无须担心，我自有办法。浪漫主义虽然有时会美化贫穷，但也能赋予我们前行的力量。

大陆在毕业典礼前从国内归来，那时距离我毕业已不足两个月。我整个人都处于一种前所未有的兴奋状态，生活似乎变得更加明朗。对于爱情的追求、对于勇气的颂扬、对于黑夜中不灭的火焰、对于生活中的每一处细节，我都充满了热爱与期待。一把饰有金属狐狸脑袋的雨伞，象征着我将一切从零开始。

接下来的日子里，我几乎做好了迁居的所有准备，只待最后一场考试的结束铃声响起，便拉着行李箱直奔机场。我停止了不必要的购物，舍弃了一大堆无用的书籍和衣物，力求轻装上阵。与房东老太太也已经打好招呼，理由是同样的工资以及相对便宜的物价。至于老爷子，只要我留在国外，他根本不在乎我是在南极还是撒哈拉。

离毕业典礼还有一个礼拜的时候，大陆约我出来吃饭，这是我们自他回国后第一次见面。我把白石和阿泰也一起叫了出来。由于不是周末，阿泰喝酒很有节制。而大陆整晚都显得心事重重，似乎有话想说却又欲言又止，喝酒也像是嘴里含着东西一样不顺畅。我捏着他的肩膀笑道："这可不是你的作风啊！"整个人兴奋得像是自己即将毕业，反复询问他们典礼上的衣服是否准备妥当，晚上又要去哪里庆祝。而我自己的计划则很简单：一瓶巴黎之花香槟，一捧东方百合。我渴望在那一刻，快乐、真诚、直接地向她表达我的心意，最好说完就能蹦蹦跳跳地离开，留给她一丝错愕和满满的感动。我需要一个合适的时机，也许是在拍摄大合照的时候，最好是在午后的阳光下，那片翠绿的草坪上。

回家的路上，白石提起大陆的反常，我略带醉意地分析说："也许是因为他马上就要回国了吧，毕竟无法留下来。"白石沉默片刻，点了点头说："有这个可能。"

一先发来短信，告知我老太太已于两天前离世，享年四十八岁，走时平静安详，未受太多痛苦。我回复愿他节哀，并叮嘱他照顾好老爷子，没有再多言其他。我的思绪飘向了那些记忆里的片段：满地的西瓜、满墙的十字绣，还有那几个热腾腾的馄饨。然而，老太太的面容却在我的脑海中变得模糊，仿佛只记得她的影子，却再也无法清晰地勾勒出她的模样。若非多年习惯使然，我真不愿以"老太太"这样的称呼去缅怀一位其实并不算老的女性。

再次见到大陆时，我正窝在沙发里，沉浸在《虎豹小霸王》的浪漫与悲壮之中。日舞这个名字，如同其剧情一般，飞扬跋扈。导演用他独特的视角，让两人在生命的最后一刻依然有说有笑，尽管我们都知道，那之后便是永别。电影结束后，大陆让我进屋，说有话要说。五分钟后，我试探性地问他，那晚的心事重重是否与此事有关，他默默点了点头。随后，我们一同回到客厅，毕竟白石还在那里等待。

我已不记得大陆后来又坐了多久才离开，等我再次留意到时间时，天色已晚。我的身体像是被某种巨大的声音所震撼，留下了一种持续性的虚弱与空白。外面的风呼啸着，灰绿色的桉树在风中疯狂地摇曳，仿佛要挣脱大地的束缚。紧闭的窗户隔绝了风声，却也让这画面显得更加诡异。大陆一如既往地带来消息，只是这次，是我不愿面对的消息。

事情其实很简单，那个女孩之所以要搬去那个城市，是为了一个男孩。他们相识已久，一年多前，女孩结束了与另一个人的感情，开始了这段新的旅程。如今学业有成，自然想要与心爱的人生活在同一个城市。去年的复活节，正是四川姑娘邀她出来散心。我回想起那日摩天轮上，金色的阳光洒在她的双眸上，我看到了其中的憔悴，却未曾感受到那隐藏的期待，或许，是我误解了她的眼神。

大陆早已知晓这个男孩的存在，四川姑娘也未曾保守住这个秘密。然而，这能怪谁呢？连我自己都常常搞不清楚自己的心意。白石曾说，除了茅台，未见我对谁动过真情。我那若即若离、不进不退的态度，在别人看来或许既冲动又可笑，甚至莫名其妙。若非大陆发现我真的在收拾行李，他或许还会选择继续隐瞒，让我在这暧昧的暖流中继续漂浮。然而，我却选择了猛然扎入水中，试图学会游泳。

就这样，我的感情还未开始便已结束。计划与电话都失去了意义。老天还算仁慈，没有让我在下了飞机或献上鲜花与香槟时才得知这个消息。然而，我的心口依然隐隐作痛，连呼吸都不敢用力，那种疼痛清晰而直接。早上醒来，我发现枕头上湿了一大片，是口水，又凉又湿，像一条蛇盘踞在我的脸上。我的嗓子一夜之间肿了起来，整晚都咧着嘴巴睡觉，像是在用自己的脸来嘲笑自己装出来的轻松。

整个白天，我都无精打采，毫无食欲。白石得知后选择了沉默，他知道我不需要安慰或建议，如果需要倾诉，我会主动开口。他问我是否愿意一起吃晚饭，我拒绝了，于是他独自出门。临走前，他跑到阳台看了我身边的空酒瓶一眼，半开玩笑地问我是否会跳楼，我让他放心。

回望我的这出哑剧，没有矛盾、没有张力，失败得如此彻底。从始至终，无人可责，大陆、四川姑娘、那个男孩、那个女孩，他们都没有错。没有隐瞒、没有欺骗、没有背叛，甚至连选择中的纠结都不存在。冷静下来想想，甚至能感受到他们的善意。要怪，只能怪我自作多情，在天平的一端无限加码，而另一端则全凭自己的想象。然而，事已至此，我又能如何惩罚自己呢？没有圣光、没有成全、没有牺牲，谁会同情一个异想天开的家伙呢？只剩下可笑与无奈。我总不能带着这两种情感从八楼的冷风中一跃而下。于是，我只能不停地喝酒，试图用酒精来麻痹自己。但我知道，乙醇加上情感等于痛苦，痛苦乘以天数等于麻木。而麻木的人，是不会自杀的。也就是说，只要我此刻不死，我就将永远地活下去。

白石从饭店打包了一份我爱吃的海南鸡饭回来，我隐约看了一眼时间，他在外面应该逗留了一会儿。然而，我已经用酒把自己灌得呕吐不止，这并非易事，需要超越自己的极限。金黄色的啤酒从我口中倾泻而下，仿佛看见了我纠缠的肠胃而心生厌恶，干脆得如同一道瀑布，颜色却如同上火的尿液一般刺眼。

一场病

当我再次醒来时，夕阳已斜挂天边，余晖如金纱般洒满房间。头痛如裂，仿佛有千万根细针在颅内肆意游走。白石不在家中，我将那份海南鸡饭放入微波炉中加热了一分半钟，然而，食物入口，却如同嚼蜡，毫无滋味可言，我心中暗感不妙。

夜幕悄然降临，我开始发起了高烧，头晕目眩，几乎无法站立。我尽力让自己陷入沉睡，但刚起床不久的身体如同一块吸满了水的沉重海绵，尽管精力尚存，却难以支撑。我靠在床头，随手翻开一本小说，然而，不久之后，双眼便酸痛难耐，我只好关灯，静静地躺在床上。我反复睁眼闭眼，观察着黑暗中的微妙变化，一种是未来，深浅莫测如神秘之渊；一种是过去，如走马灯般匆匆闪过。在这夜晚，实体与影子仿佛融为一体，灵魂得以彻底归位，人似乎只有在黑暗中才能找回真正的自我。

"万一真的烧起来可就麻烦了。"我喃喃自语，回想起儿时的一次高烧不退。那时的我，被环状的灯管、墨绿色的君子兰和持续的耳鸣声所包围，一层又一层的棉被散发出陈旧的气息。母亲坐在床边，温柔地为我擦去脸上的汗水，频繁地更换我额头上的湿毛巾。大姨娘则用蘸着白酒的棉花，不停地擦拭我的脚心，虽然我不知道这样做的科学依据，但那时流传着一个说法，高烧可能会烧坏脑子，尤其是小孩子。因此，尽管把双脚露在被子外面并不舒服，我却依然乖乖地一动不动，满心担忧自己会因此变傻。

"都这么大了，怎么还发烧呢？"我像是在与自己对话，又像是在深沉思考。我已经很多年没有生病了，连感冒都很少，除了偶尔的宿醉，几乎没有什么能让我感觉身体不适。然而，偏偏在这个节骨眼上，我的身体却以如此原始的方式发出了警报。

"电视剧里得的都是绝症。"我苦笑着自言自语，发烧这种事，就算让她知道了也没什么意义。就这样，我迷迷糊糊地睡着了。

接下来的日子，我的病情愈发严重，整个人虚弱不堪。鼻子除了流鼻涕以外，几乎失去了其他功能，再加上肿痛的喉咙，它们仿佛要联手将我窒息。我在洗手间镜子后的壁柜里翻出了药箱，却发现除了体温计以外，所有的药品都已过期。我无奈地叼着体温计，将那些过期的药品统统扔进了垃圾桶。体温计上的数字显示37.3摄氏度，这与我的实际感受大相径庭，我不禁有些失望。

　　白石从药店买来了"必理通"，我像坐月子一样整天躺在床上，陷入了醒与睡的循环之中，两者的界限变得模糊不清。我蜷缩着身体，像一只虾一样，似乎只有这样，才能稍微减轻一些痛苦。

　　"明天的毕业典礼，看来是去不了了。"我在前一天还心存侥幸。我把被子横向对折后盖在身上，又在上头压了一件大衣。午夜时分，我开始疯狂地出汗，仿佛有人在我体内点燃了一堆火，双眼痛得几乎要失明。汗水浸湿了睡衣，又渗透到了被子里。湿漉漉的棉布一旦离开皮肤，就变得异常冰凉，仿佛要带走我所有的热量。

　　"这不过是身体在排泄多余的热量罢了。"我安慰自己，换了一套睡衣，把被子翻了个面，身体朝床的另一侧挪了挪。汗水虽然带来了一丝安慰，但这份安慰却也在慢慢地将我拖垮。整整一晚上的折腾，我换了四套睡衣，被子里里外外、床铺的每一个角落都被汗水浸湿了。

　　在半梦半醒之间，我又看到了儿时发烧时曾出现过的幻觉，那是一场清醒时的梦。床仿佛载着我的身体，在无边的白色世界中漂浮。四周漂浮着大小不一的葡萄，小的如同一粒普通的葡萄，大的却有房间那么大。偶尔有一串串的葡萄出现，但大多是一粒粒的，有翠绿色的、深紫色的，但更多的是酒红色的。有时，我感觉自己躺在床上，随着床一起慢慢旋转；有时，我却眼睁睁地看着床上的自己，在一片茫茫的白色之中越

飘越远。这里没有风，也没有声音，我在床上睡得无比安详，
紧闭着双眼，仿佛回到了无忧无虑的童年时光。

　　白石参加了阿泰的毕业典礼，而我，则整整在床上躺了
一天，感受着前所未有的疲惫如潮水般汹涌袭来。我在厨房烧
了一壶热水，回到房间时，一股难以言喻的气息扑鼻而来，那
味道如同一张被汗水与口水浸透后，又在烈日下暴晒的旧报
纸，带着岁月沉淀的沉闷与苍老之感。呓语、盗汗、身体的松
懈与意识的浑浊交织在一起，每一口痰似乎都承载着难以名状
的恶臭。而鼻涕，却仿佛被体内的高温烘烤得无影无踪。

　　我勉强打开窗户让它留出一条缝，躺在床上，将一条腿
无力地伸向天花板，那苍白而毫无力气的模样，宛如一个瘫痪
多年的老者，正无助地凝视着天花板上的斑驳光影。

　　夜晚十点，衰弱的气息在房间内悄然回荡，孤独与委屈
的情绪如潮水般涌来。我几乎是带着一种莫名的期待，检查了
自己的体温——38.8摄氏度。头痛欲裂，强烈的眩晕感让我
几乎无法稳住脚步，走向洗手间的每一步都如同在云端行走。
我暗自感叹："昨晚那样的折磨，再来一次可真受不了。"去
一趟洗手间似乎耗尽了我所有的力气，我在床上稍作休息后，
决定前往医院。

　　此时，白石或许正在卡拉OK里与同学们把酒言欢，以学
生的名义享受着最后一次的狂欢。但我知道，当他归来时，他

的状态也不会比我好多少。我披上了一件厚重的外套，揣好钥匙，步入了寒风中。夜空中，暗黄色的出租车灯在远处闪烁，我站在冷风中瑟瑟发抖。

圣文森医院的候诊室里空无一人，寂静得如同散了场的马戏团。若非司机十分确定地指引，我几乎要怀疑自己是否走错了地方。这个候诊室并不高也不大，却像一个普通人家的客厅，透露着几分温馨与安宁。几排浅蓝色的塑料椅被牢牢地固定在水泥地上，提供了二三十个座位。白色的墙壁、白色的日光灯、一面贴满了卫生常识与医疗福利的告示板、一部饮水机以及一只挂钟，构成了这个房间的全部。

整个房间共有三扇门，除了我进来的大门外，另外两扇都紧紧关闭着。一扇宽敞的门正对着大门，另一扇窄门则开在侧边。大门虽然是玻璃门，但并未让我感到被排斥，反而增添了几分通透感。窄门旁边的墙上开着一扇小窗，此刻却被一副铝合金制的卷帘由上至下遮挡得严严实实。我站在小窗前，按下了那个似乎能带来希望的红色按钮。

然而，窗户依旧被卷帘牢牢地封闭着。半分钟后，一个医生模样的女子从窄门里探出头来。我告诉她我发烧得很严重，她指了指我身后的椅子，示意我会有人来叫我，让我先坐下来等待。窄门再次紧紧关闭，显然她对这里的座位充满了信心。

这个阴冷的房间让我感到有些不安，整个世界除了秒针的走动声外一片寂静。我试图通过注视告示板来加快时间的流逝，但没过多久，我便感到天旋地转，骨头仿佛被融化了一般，难以支撑我的身体。塑料椅又凉又硬，我无奈地盯着墙壁上那只圆形的挂钟。

那是一只标准的学校或医院用钟，黑色的表框、黑色的指针以及黑色的阿拉伯数字印在惨白的表盘之上。秒针一丝不苟地旋转着，仿佛它是时间的守护者，见证着无数生命的轮回与消逝。或许是因为见过太多生死，整个挂钟显得异常冷静与沉稳，仿佛它本身就是时间的化身，一段超越了时间的时间，一种衡量一切道德的绝对标准，一个裁决一切或快或慢的罪恶时间的审判者。

不知过了多久，一个身形委顿、衣着邋遢的中年男子走进了候诊室。我悄悄地抬起双眼，将全部的注意力倾注在这个房间里唯一的变化上。他长着一张蒙克式的脸，五官仿佛直接镶嵌在骷髅之上。他穿着黑色的外套、裤子和鞋子，还戴着一顶黑色的帽子，但无一不因岁月的侵蚀而呈现出一种哀伤的紫灰色。

他身体前倾，胳膊肘拄在膝盖上，十指交叉，一动不动。这个姿势仿佛是他长久以来所选定的，也将千百年地维持下去。他的十指便是世界的中心，除了时间，他两手空空。他的每一个动作都似乎经过了深思熟虑，充满了痛苦的挣扎。

他一定是在向下看着什么，或是目不见物。我的目光因此而变得有些放肆，但他却仿佛毫无察觉。他像是在心中告解着什么，仿佛这是一间教堂，一块心灵的流放地，一片世界上唯一的沉默之地。他沉默着，仿佛整个世界都是哑巴；他静止着，仿佛时间在这一刻凝固。

然后，他用一只手缓缓地脱下帽子，另一只手则轻轻地挠了挠头。一头漂亮的金发出乎我的意料，与他那邋遢的外表形成了鲜明的对比。他再次戴上帽子，十指交叉，继续保持着那个沉默与静止的姿势。

他坐了许久，或许有一个钟头的时间，然后默默地站起身离去。从始至终，他都没有发出一丝声响，始终紧低着头。他的离去如同一阵轻风拂过，没有留下任何痕迹。而我，则继续等待着医生的到来，心中充满了对未来的期许与对生命的敬畏。

我继续在候诊室中等待，汗水涔涔而下，脑袋昏沉得仿佛随时都会坠入梦境。我渐渐意识到，即便是微弱的光亮，也能让人感到前所未有的疲惫。我不知道何时能走出这个冰冷的房间，就如同我不知道何时能在这片沉寂中找回一丝生机。没有旁观者的注视，一切似乎都失去了发生的意义。观察、沉思、疾病、爱情、忘却，这些纷繁复杂的情感与经历，最终都化作了理解与回忆的碎片。然而，理解又是如此的不确定，如同糖尿病人眼前的蜂蜜，甜美诱人，却又不敢轻易品尝。

正当我沉浸在思绪中时，窄门里再次探出一个年轻的脑袋，与我之前所见的那个医生有着几分相似，但我知道他们并非同一人。终于，我听到了属于我的召唤，走进了那扇窄门。时针已在表盘上悄然移动了三个格子，仿佛是在提醒我，时间的流逝与生命的脆弱。

我跟随一位身着白袍的医生穿过一间明亮的屋子，那光亮刺眼得让人几乎无法直视。屋子的一侧整齐地摆放着五张病床，其中只有一张床上躺着一位看不出年龄的女子。她身着浅蓝色的睡衣，双脚裸露在外，身体与周围的医疗仪器之间挂满了软绵绵的管子。那些我从未见过的仪器上，旋转的圆钮、红色的指针、透明的塑料管子以及黑洞洞的屏幕上闪烁的绿色数字，都像是颤抖的灵魂在诉说着生命的脆弱与顽强。我不禁暗自感叹："人，真的有很多种活法，也有很多种离开这个世界的方式。"

随后，我在另一间屋子里的一张狭窄的病床上坐下。床面由黑色的人造革制成，又凉又滑，仿佛在诉说着孤独与无助。医生仔细地听了听我的肺部，扒开我的眼皮瞅了两秒，最后用一个形似验孕棒的东西往我耳朵里捅了一下。整个过程进行得有条不紊，就像一位经验老到的农夫在集市上检查一头即将出售的牲口。

医生坐在办公桌前，按着我的医疗卡在电脑上敲敲打打。片刻后，他抬起头，用温和的语气说出了诊断结果："没什么问题，好好休息，多喝一点果汁。"然而，此刻的我无论是身体还是心灵都彻底凉了下来。我深知，如果让我继续在那间停尸房般冰冷的候诊室里多待上哪怕半个钟头，我都会不顾一切地想办法寻找一丝温暖。

我依旧头晕得厉害，但这种感觉却难以言表。失望的本质或许就是无能为力吧，我只好无奈地离开了诊室。候诊室的大门外，只有一盏昏黄的灯在孤独地闪烁。无数的蛾子围绕着灯光疯狂地翻飞，仿佛在举行一场神秘的仪式，令人眼花缭乱。风呼呼地刮着，我打着寒颤，感觉自己仿佛置身于一片无边的迷雾之中。带着水滴的空气冰冷刺骨，隐约可见的黑色阴影透过层层迷雾将我包围，却又无迹可寻。

我不知出口在何方，软弱无力的身躯上渗出一层层热汗。然而，这湿冷的空气却瞬间将这些汗水同化，让我感觉自己像是一只用皮肤呼吸的青蛙，无助而绝望。我朝四下张望，黑漆漆的一片，没有丝毫分别。我的内心发出无声的嘶吼，嘴巴却没有一点声音。我唯恐这寻觅着猎物的阴影巨兽会闻声前来将我吞噬，于是只能缩着脖子，任由湿冷的迷雾一点点贴上身来。

这股迷雾仿佛有着将我与我的躯体分离之势，与此同时，一股更为强烈的恐惧感袭上心头。它如同一只无形的巨手，将我体内的每一个细胞都紧紧攥住。我不知道自己身在何处，只能凭着模糊的记忆在黑暗中努力寻找出路。恐惧如同漩涡般飞速旋转，而我若凝视它，眩晕感便随之而来。然而，在这绝望的时刻，我却意外地找到了一丝勇气。我告诉自己，无论前方多么黑暗与迷茫，我都要勇敢地向前走，直到找到那一丝光明与希望。

大陆离去

在即将踏上归途的前夕，我忙着将手中的每一分钱都化作美好的回忆。那时，我刚刚从一场疾病中康复，体重减轻了七公斤，身形显得格外消瘦。在大陆即将离别的最后一个周末，我们相约在一家地道的广东餐馆，共同享用一顿丰盛的告别宴。

餐馆里人来人往，热闹非凡。或许是因为身体尚未完全恢复，仅仅浅酌了几杯，我便已有了几分醉意。尽管我未曾言语，但周围的朋友都默契地察觉到了我的情绪。大陆慷慨地将我视为同样需要慰藉的人，向几位初次见面的女生讲述了我的故事，于是，我收获了来自她们的同情目光。

"后天我就要启程回国了。"大陆搂着我的肩膀，语气中带着几分不舍。我们相视一笑，连干了几杯酒，仿佛要将这份情谊深深地烙印在心底。

随着宴会的进行，一些人陆续离开，剩下的人则四处走动，畅谈着各自的故事。这时，一个短发女孩坐到了我的身旁，她边饮酒边向我倾诉，讲述着自己如何对一位男孩倾注深情，又如何被无情地伤害。她的眼神中充满了失落与无奈，誓言变成了谎言，承诺化作了欺骗，但这一切却似乎成了她成长中不可或缺的一部分。

女孩的短发显得干练而帅气，眼睛细长如古画中的美人，鼻梁高挺，下巴尖尖，有着一股独特的魅力。我不知道她向我倾诉的用意何在，或许是想寻求安慰，又或许只是想找一个同样经历过伤痛的人倾诉心声。然而，无论出于何种原因，我都无法给予她太多的回应，或许是因为我早已醉意朦胧。

女孩的情绪并未因我的沉默而好转，她饮酒的速度愈发加快。我本想劝阻，但最终还是选择了沉默。因为我知道，眼泪是内心的宣泄，只有流尽才能重新获得力量。

"我已经想通了，既然他不喜欢我，我就彻底放下。"女孩与我碰杯，酒液洒落桌面，如同她心中的伤痛一般难以收拾。"我这头发就是刚剪的，怎么样？从头开始。"她笑着抚摸着短发，眼中闪烁着坚定的光芒。

"很适合你。"我微笑着回应。酒液在白色的桌布上缓缓扩散，像是一滴滴灰色的泪珠，记录着我们的相聚与离别。

"只有酒从不辜负人。"我喃喃自语，紧盯着桌上的酒痕，周围的一切都变得模糊而虚幻。我意识到，人的视力是有限的，我们无法看清所有的真相和未来。

女孩用手扶着额头，似乎并未听到我的话语。白酒杯虽小，却容易让人沉醉。我叹了口气，深知在可怜人之间，过分的坦诚或许并不是一种明智的选择。

离开餐馆时，天气变得异常恶劣。冷风呼啸，大雨倾盆而下，城市的灯光与喧嚣都被淹没在雨幕之中。我们站在门口抽烟，看着一个流浪汉躲进了不远处的电话亭里。他衣衫褴褛，毛发蓬乱，仿佛与这个世界格格不入。

"假如他的衣服湿了，可真够他受的。"我醉醺醺地说着。大陆突然呕吐起来，他冲进雨中，弯下腰对着阴沟里的污水。流浪汉站在电话亭下，表情麻木地看着这一切。

"现在这些电话亭比流浪汉还不受欢迎了。"我笑着调侃道，"你在那什么都找不到，连一个像样的烟屁股都捡不到。"我把烟头弹进雨中，也跟着走进了电话亭避雨。大陆痛苦地呕吐着，雨水、泪水、口水交织在一起，顺着他的脸颊滑落。我拍了拍他的背，像安慰一个受伤的孩子一样。

我站在窗前，看着外面的暴雨如帘。漆黑的世界宛如深邃的海底，我们是栖息在海床上的鱼儿。摩托党在空旷的马路上轰鸣着驶过，仿佛要用这巨大的噪声冲破天际。车流与水流的方向清晰可见，但我们却永远无法预知它们的归宿。

回到家后，我不停地打喷嚏，但我知道自己不会再轻易生病。我冲了个热水澡，躺在床上，用一句"放松"来暗示自己。身体逐渐放松下来，睡眠悄然降临。我不知道从何时开始，身体似乎失去了自我调节的能力。每当夜深人静、辗转难眠时，只有这句暗示才能让我意识到身体的僵硬与紧绷。

　　两天后，大陆飞离了这片土地。而我，也在三天后踏上了归国的旅程。机票是在我病愈后就订好的。白石还有一个礼拜才考最后一门试，我们在离别的前几天一直开着"你居然还在念书"的玩笑。虽然心情并没有像预期的那样激动，但我知道，每一次的离别都是为了更好的重逢。

再次回国

　　假如每一座城市都拥有其独特的韵味，那么这座坐落于北国边陲、形如鸡眼般的城市，既不散发着松树油的清新，也嗅不到橡胶轮胎的刺鼻味道，而是空气中时刻萦绕着一股诱人的烧烤香。在这座城市里，无论男女老少，都对烧烤有着一种难以言喻的热爱，仿佛世间万物，只要经过炭火的洗礼，撒上些许孜然，便能化作无上的美味。夏日里，人们自然而然地认为这是烧烤的黄金季节；冬日里，他们又坚信唯有烧烤才能温暖身心的每一个角落。而在这片辽阔的北方平原上，春天与秋天似乎成了被遗忘的季节。

　　我与高中时期的老友们整日胡吃海喝，尽情享受着这难得的欢聚时光。在一次并不算完整的同学聚会上，一位即将临盆的女子成为全场的焦点，那场聚会仿佛变成了一场迎接新生命的发布会。尽管女子的丈夫并未现身，但在一顿饭的时间里，关于他的信息已经传遍了在场的每一个人：他在一家科技公司担任总经理，待遇优渥，且年龄尚轻。婆婆特地从外地赶来，租住在儿子家楼下，除了儿子在场和做饭的时刻，她从不轻易露面。女子小心翼翼地避开一切可能对胎儿造成不良影响的事物，连烟味、酒味都唯恐避之不及，甚至在方圆两米以内，连开瓶器都要轻手轻脚地使用。那股谨慎劲儿，仿佛她腹中的胎儿并非凡胎俗骨，而是某位皇室贵胄的后裔。

"科技公司到底是做什么的？"我好奇地向身旁的老友询问道。

"我哪知道？"老友一脸的不耐烦。

家人们似乎早已迫不及待地期待着我的毕业，以便将话题转向更为实际的方向。在他们眼中，我所学的任何东西都可以归结为两个问题：是否好找工作，以及能挣多少钱。除此之外，他们对我的学业几乎毫无兴趣。我漫无边际地谈论着对未来的规划，但显然并未引起他们的重视。他们更关心的，是我的终身大事，甚至迫不及待地想要将我拉入婚姻的漩涡之中。大姨在询问，二姨在催促，三姨在介绍对象，四姨在推荐另一个候选人，如此交替反复，乐此不疲。在他们看来，一个人成年之后，孤独便成为他最难以忍受的缺陷。

老爷子也在期待着我的毕业，尽管他对此并无太大的信心。在我上初中的时候，他甚至一度不清楚我究竟在读几年级；临出国前的雅思考试，他断言我能考两分便是极限。挂断电话的那一刻，我深知自己即将失去经济上的支持。未来的日子里，如果彩票不能成为我的救星，那么我只能依靠工作来维持生计。不出所料，他对我在几个月后的毕业典礼毫无兴趣，仿佛我在邀请他参加一场无关紧要的庆典。透过电话线，我都能嗅到那股浓烈的酒精味，以及他那双朦胧的醉眼——一个地道的酒鬼的眼神。至今为止，我尚未见过哪位演员能够准确地演绎出这种眼神的万分之一。演员之所以备受追捧，或许是因为他们还有很大的提升空间。如果想要见识真正的尴尬场面，不妨去看看那些群众演员所勾勒出的夜总会场景吧。电话让争吵变得一触即发，而在饭桌上，我们也总是以不欢而散告终。

我尝试着给一先打了几通电话。这家伙半年前从那所不尽如人意的大学毕业了，通过老爷子的关系在一家证券公司谋得了一份差事，薪水颇为可观，这让所有人都感到满意。记者这个身份已经成为他的过去式，仿佛如今已无人再愿意阅读报纸。最近，他正沉浸在热恋之中无法自拔，女朋友是他父亲的同事介绍的，这段感情同样得到了所有人的认可。他邀请我前往上海相聚，但我思忖片刻后觉得还是先不去打扰为好。不过，我确实想要找一个地方去旅行一番。

老姨介绍的对象已经到了需要见面的地步，我未曾料到她们竟如此认真。于是，我买了一张开往南方的车票决定逃离这一切。将自己置身于陌生的人流之中，成为这个世界上最能带给我安全感的一种方式。

异乡的风光其实与故乡并无太大差异，同样是人山人海、热闹非凡。我在街头巷尾与林间小道上漫步着，依旧改不了越走越快的习惯。江南的湿热中带着一股淡淡的霉味，而梅雨则更像是一种季节性的敷衍了事。几个男孩穿着拖鞋在城中心的河道边垂钓，老妇则用电单车驮着外孙和煤气罐缓缓前行……

当白石的电话铃声穿透喧嚣，我正沉浸在一碗香气四溢的黄鱼面中。那是在东北难以寻觅的美味，我不禁兴奋地赞叹："这味道，真不错！"白石得知我的所在后，热情地推荐了几款当地特色美食。随后，他的话语中透露出一个意外的消息——他即将赴美。这消息如同晴天霹雳，我连忙追问详情，但更多的是倾听他的分享。最后，他诚邀我去他的城市游玩，那里距离我所在的地方不过三个小时车程。我应允着会考虑时间安排，但挂断电话后，一股莫名的情绪涌上心头。

我环顾四周，这个陌生的夜晚，这座陌生的城市，这家陌生的餐馆，这张陌生的餐桌，周围是陌生的食客，而我，正吃着这碗陌生的黄鱼面。这一刻，仿佛被命运之手紧紧握住，不容分说，不容改变。时间仿佛凝固，周遭的嘈杂化作耳鸣般的背景音。我继续品尝着面条，仿佛在寻找生命的意义，但味道逐渐模糊。我仿佛被吸入电话线的另一端，看见命运端坐在电话机前，庄严地向我点头。随后，眼前一黑，命运仿佛调皮地按下了一串随机的号码，我从电话线的另一端流淌而出，而命运依旧端坐，带着君王秘书般的威严。只有当我用充满怒火与埋怨的眼神注视它许久时，它才流露出一丝不好意思，如同伶人般嘿嘿一笑。

声音渐渐恢复，时间也恢复了流动。我放弃了逛夜市的计划，回到酒店。几罐啤酒下肚，电视屏幕成了我暂时的避风港。半夜醒来，屏幕上闪烁着检测信号的静默画面。我关掉电视，画面瞬间消失，融入周围的黑暗，仿佛一直在等待这一刻的到来。我拉了拉被子，再次沉入梦乡。

在这座城市里多停留了两天，我愈发感受到一种自欺欺人的情绪。陌生的街道接踵而至，我难以找到心灵的慰藉。我开始思考，没有熟悉，陌生是否就失去了意义？又或者，如果终究无法熟悉，陌生是否会成为负担？或许是被某种力量驱使，我甚至向陌生人求助，最终来到了长途客运站。

一路上，我步履匆匆，仿佛有人在耳边催促。就连蒙娜丽莎的微笑与金字塔的辉煌也无法让我停下脚步。而内心的另一个我，却疲惫不堪，仿佛在嘲笑这一路的荒诞。

"我真是世界上最糟糕的旅行者。"我暗自感叹。然而，这一切究竟是为了什么？难道只是为了在另一座城市中疾行吗？我站在熙熙攘攘的客运站，看着周围的人群：乞讨的老人、推销住宿的妇女、相互喂食的情侣，还有那些终将长大变老，而此刻正享受着无知带来的快乐的孩子们。盒饭、行李、警察、参差不齐的牙齿、打瞌睡的脸庞……一切似乎都不可改变。最终，我转身离开，因为我知道，一旦停下脚步，就可能错过那张回家的车票。

回到故乡，我发现这座城市的变化如此缓慢，以至于要寻找它的不同，必须唤醒那些褪色的童年记忆。但回忆从不按我们的期望呈现，它总是伴随着某种难以言喻的痛苦，如同昏黄空气中飘浮的灰尘，带着一种已忘却如何飘扬的苦涩。每当我想起那条街道，脑海中浮现的却是那位被推搡的平板车老人；每当我想起那座已不存在的公园，眼前却是如黑烟般消逝的蝌蚪；每当我想起曾住过的房屋，看到的却是满地的碎玻璃；每当我想起车水马龙，感受到的却是一地寂寥。于是，我们猛然发现，我们记住的，或许永远不是这个世界本身，而是那些过时的情感。痛苦与快乐，都化作了一种模糊而深沉的情感，就像黄昏不再温暖，却依然散发着淡淡的光辉。

我决定将回程的机票延期一个月，而此时白石已启程返美，正忙碌于房产的委托出售与车辆的转让事宜。他将爱车托付给了一位初来乍到的中国女留学生，或许是因为预留的议价空间未能派上用场，这部陪伴他行驶过数万公里的座驾，最终竟以高出购入价两千元的成交价易手。

我尝试着调整自己的生活节奏，每天清晨七八点钟，伴随着晨曦初现，我便从梦中醒来，洗漱一番后，一边沉浸于漫画或小说的奇妙世界，一边用一杯香浓的咖啡唤醒味蕾与灵魂。

午餐过后，我常常对着电视屏幕发呆，任由那些或平淡无奇，或略显乏味的广告在眼前流转，尤其是那些医药与农药广告，它们似乎在无声地诉说着，只要活着，便应学会知足与包容。待到肠胃的消化工作渐渐平稳，我便带着洗发水和游泳裤，穿过马路，前往航空学校的游泳馆，享受两千米的畅游，一半蛙泳，一半自由泳，让身心在水的世界中尽情释放。

然而，游泳馆的门票已从几年前的十五元涨至二十元，淋浴也从曾经的不限时变为了如今的电子手牌控时，男子淋浴限时四百秒。洗澡，这项原本简单的日常活动，如今却变成了一项需要精心规划的艺术，从洗头到洗脚，从搓澡到冲洗泡沫，每一道工序都需严格把控时间。无论是否需要，每个人都必须站足那四百秒，仿佛在向时间致敬。

夜幕降临，我很少在家中用餐，或是与朋友们打牌消遣，或是相约小酌几杯，但通常不会拖到太晚，毕竟他们第二天还要上班，其中更有一位已步入婚姻的殿堂。偶尔，我也会借着微醺的醉意，独自前往酒吧寻觅片刻的宁静，但往往收获的是失望。这座城市似乎缺乏酒吧文化的底蕴，那些能让你听清自己内心声音的酒吧总是显得半死不活，仿佛在无声地诉说着你的孤独与迷茫。老板娘飞快地嗑着瓜子，门牙上的三角形豁口如同一把随身携带的钥匙，吐出的瓜子皮如同离巢的燕子般轻盈，而驻唱歌手则埋头于手机之中，服务员则似乎永远处于半梦半醒之间。至于其他的酒吧，要么是弥漫着烧烤的烟火气，要么是震耳欲聋的电子乐响彻云霄，一群光着膀子的大汉或是在享用烤腰子，或是在用手指跳舞，热闹非凡却缺乏内涵。

　　我就这样心满意足地享受着每日的无所事事，日子在不经意间悄然流逝。当归期再次临近时，我再次决定将机票延期，仿佛在有意拖延着什么。虽然为此额外支付了六百元的手续费，但我并没有告诉母亲实情，她正沉浸在离婚十多年后的第二段恋情中，整个人焕发出前所未有的活力，对我的决定也给予了充分的支持与理解。

　　一个微风和煦的下午，我临时取消了游泳计划，或许是因为姿势不当，又或许是前些天游得太猛，我的肩周疼痛难忍，左胳膊几乎无法抬起。朋友们都在上班，他们的工作场所我早已熟悉，无一例外地显得单调乏味。认识的女生们或是在忙碌于工作，或是在享受甜蜜的恋爱时光，又或是在孕育着新的生命。于是，我独自乘坐公交车前往人民广场，寻找一丝不同的风景。

　　新华书店内人声鼎沸，但书籍的种类却显得单一而乏味，绝大多数都是课业辅导资料，其次是人生励志类与老年保健类书籍。我空转一圈后黯然离场，步入喧嚣的街道。人流如织，宛如城市中的河流般缓慢而浑浊。星巴克、饮料车、仿制运动鞋、俗气的婚纱摄影店、年年关门的皮具店以及繁荣的手机市场，构成了这座城市独特的风景线。

　　天色尚早，我沿着人民大街一路向南，途经两座公园，最终抵达了解放大路。我朝西走去，一直走到了地质宫。巨大的广场上，人群显得稀疏而渺小，男孩分成几组在篮球场上挥洒汗水，偶尔有一两个女孩穿梭其间，但大多数场地都是空荡荡的。我找了一张长椅坐下，初夏的晚风轻轻拂过脸庞，仿佛是与久违的朋友重逢般亲切。

眼前的篮球比赛水平虽不高，但篮球却在球员们之间尴尬地滚来滚去，远处草地上，一个穿着水蓝色裙子的小女孩正努力地将风筝放飞。黑色的蝴蝶风筝如同扑火的飞蛾般跌跌撞撞，而一位老人则牵着一条对他来说显然过于兴奋的小狗，从我和小女孩之间悠然走过。我站起身，朝广场正中的那尊巨大的黑色雕塑走去。那是一个向天空敞开怀抱的裸男雕像，浑身上下充满了雄性的力量与激情澎湃的气息。我在雕塑旁的石阶上坐下，金红色的夕阳将万物的影子拉长，将世间的一切都染上了一层柔和而美丽的色彩。

我低下头，看着空无一物的双手，思绪万千。我想起了候诊室里的那个男子，他是否也曾像我这样陷入过沉思？我久久地沉浸在自己的世界里，无法自拔。人是否真的能够享受孤独？人是否真的能够享受痛苦？当痛苦变得可享受时，它是否已经背离了痛苦的初衷，变得不再是痛苦本身？假如有人说他能享受孤独，那或许只是一种自我安慰的谎言罢了。一个人只能忍受孤独、承受痛苦，久而久之，或许会出现一种上瘾或麻木的状态，但永远也无法真正地享受孤独。

夜色渐浓，我沉浸在自己的世界里不知过了多久。终于，伟大的罗丹雕塑让我抬起了头。我跺了跺已经麻木的双脚，一辆冷饮车正在收摊，我突然想起这个地方曾有一种很好吃的雪糕。酒，如同一张尚未开奖的彩票，它让快乐散发光芒，让痛苦充满诗意，让人永远也无法预测在酒精的作用下，会在自己的影子里找到些什么。

临行之前，我与朋友们连续几晚畅饮，快乐而又疲惫不堪。随着相识年头的增长，那些共同的回忆在我们各自的生命中所占的比例越来越小，但我们却如此不甘于遗忘，以至于只能一次又一次地借着酒劲重温那些早已被咀嚼过无数遍的故事。朋友们问我何时能再回来，我摇了摇头，微笑着说："不知道。"

白石离去

　　这一次，白石手持的是单程机票，目的地是遥远的彼岸，那里有他年迈的母亲正殷切期盼着他的归来。移民的序曲已悄然奏响，对于一位在异国他乡无亲无故、语言不通的人来说，家人的团聚无疑是最温暖的港湾。连续数日，我与白石穿梭于各大商店之间，将一箱箱满载着家乡味道的蜂蜜、鱼油和各式各样的保健品打包寄回国内，每一份包裹都承载着对家的深深思念。

　　"无论何时需要，随时联系我。"我对白石说道，语气中充满了不舍与祝福。我们又找到了两家信誉良好的华人中介，委托他们处理房产事宜。房市的繁荣景象令人振奋，移民潮和亚洲富商的涌入，让市场上的房源变得炙手可热，从一元店到整座商场，再到女皇土地上的长久使用权，中国投资者的身影无处不在。阿泰最近下班后常常来找我们聚会，偶尔还带着荔礼一同前来，我们围坐在一起，谈笑风生，却都默契的没有过量饮酒，珍惜着这份难得的相聚时光。

　　纽约，这座令人心驰神往的伟大城市，它的名字本身就充满了无尽的魅力。安妮·霍尔、金宝汤罐头、五十美分的硬币、南回归线的标志……每一个符号都仿佛在诉说着这座城市的故事。谁不曾在心中幻想过，在时代广场的雨中，缩着脖子，叼着烟卷，拍下一张充满电影感的照片呢？还有那冒着热气的下水井、错综复杂的地铁网络、绿意盎然的中央公园、繁华的第五大道、穿梭不息的黄色出租车、繁华的曼哈顿，以及那神秘莫测的黑手党传说……更不用说那座青绿色的自由女神像，她手持书卷与火炬，象征着智慧与光明，是矛与盾之后唯一的女神，屹立在海边，守护着这片土地。

白石离开的那天是星期五，我早早起床，帮他再次检查了一遍屋内的物品，确保没有遗漏。大多数行李已经寄回国，所以他随身只带着一大一小两只行李箱，仿佛只是进行一次短途旅行。我把白石送上出租车，临别前给了他一个短暂的拥抱，他嘱咐我有机会一定要去美国看看，我笑着答应，告诉他我也即将开始寻找工作的旅程。车子渐行渐远，最终消失在视线中。我回到楼上，从冰箱里拿出一瓶啤酒，一饮而尽。站在阳台上，我打了个长长的嗝，望着窗外的风景，心中五味杂陈。

一盆鸡蛋花因为冬日的寒冷而失去了叶子，只剩下几根光秃秃的茎秆插在花盆里，显得格外凄凉。枯黄的牵牛花也不知是生是死，静静地躺在角落里。一架飞机划过天际，远得听不到一丝声响，我朝它挥了挥手，尽管知道白石不可能在上面。时间还早，刚过七点，我又回到了被窝中，享受着这片刻的宁静。

白石离开前，我已经和一家华人报纸预订好了房屋招租广告，于第二天星期六刊登。当天下午，我就接到了好几个咨询电话。第一个来看房的是一个刚从国内过来的研究生女孩，她显得有些局促不安，穿着朴素无华。她仔细参观了一圈房间后表示满意，问我能否租给她。我欣然同意，并询问她男朋友是否也会过来一起住。她告诉我，男朋友一个月后也会从国内过来，我看了看白石留下的那张宽敞的双人床，微笑着说没问题。

于是，白石的离去并没有给我带来额外的经济负担。如果我能节省一些开支，手里的钱还足够维持几个月的生活。因此，我并没有急于找工作，而是享受着这段相对轻松的时光。一个月后，女孩的男朋友如约而至，就像一只精准的闹钟，在女孩交给我下一个月房租的那一天准时出现。几天后，我迎来了自己的毕业典礼。由于平时很少上课，又延迟了半年才毕业，所以几乎没有熟人和我一起戴上那顶滑稽的帽子，穿上那件蝙蝠一样的袍子。我和阿泰等人在教学楼外的草地上合影留念，天空突然下起了细雨，让原本并不算晚的时间仿佛加快了脚步。

一整天我都在莫名其妙地头疼，像是宿醉未醒一般。穿着西装的副校长在台上滔滔不绝地发表着演讲，而系主任们则坐在讲台两侧的座椅上昏昏欲睡。二十年过去了，学校这个地方除了早恋的回忆外，再也没有让我有过想去的冲动。这个平时只用于考试的大礼堂，在昔日里给了我无数痛苦回忆的地方，如今却成了我毕业的见证地。这种感觉就像是在战败者的领土上宣布他们永垂不朽一样，让我既想哭又想笑。我站在一群穿着黑袍的同学中间，环顾四周，灯光璀璨夺目。来自世界各地的家长坐在大礼堂的最后几排，见证着在他们财力支持下子女的荣耀时刻。每当一个学子被报出名字走上讲台时，全场都会响起热烈的掌声。这无疑是一种难得的默契与尊重，为像我这样孤身赴会的人提供了一份难得的庇护与温暖。

我随着掌声拍手，心中却想着这可能是我与大礼堂最后的缘分了。厚重的黑袍让我感到不适，脑袋发热，双手却冰凉无比。我端着那顶四四方方的帽子，看到里面的商标在时间与某种油脂的作用下已经变得泛黄，不禁感到一阵胃部的痉挛，头疼也愈发剧烈。从始至终，我的心里似乎都只在嘀咕着一句话："这究竟是怎么一回事啊？"

阿泰离去

白石离别的时刻，尽管房屋出售之事尚未尘埃落定，但唯一的阻碍不过是一个合适的价格。仅仅一个多月后，这座承载着无数回忆的居所便顺利易主，成为另一位中国同胞的温馨港湾，而所得的款项也颇为可观，足以支撑白石再次踏上求学之旅。

马路对面，一场轰轰烈烈的改造工程正如火如荼地进行着。旧时的仓房在推土机、挖掘机和渣土车的轰鸣声中迅速消失，取而代之的是塔式起重机高耸入云，其铁臂上霓虹闪烁的开发商标识在半空中傲然挺立。尽管客厅的窗户紧闭，但尘埃依旧无孔不入，令人不胜其烦。

女孩的到来，为这方小小的空间注入了全新的活力。她男友带来的行李中，高压锅、擀面杖、中式菜刀以及一只比篮球还要硕大的浅黄色砂锅，无一不彰显着家的味道。然而，金鱼们却未能摆脱命运的捉弄，如今只剩下两条孤独地游弋。一个慵懒的午后，当我想起喂食时，却惊恐地发现其中一条已如煮熟般漂浮于水面。我小心翼翼地用塑料袋套着手，将它轻轻捞起。隔着那层薄薄的塑料，我仍能感受到它遗体中尚未消散的柔软。我将它投入马桶，思绪飘回上一条金鱼离世之时，那时我还在国内，白石将它捞起，扔进了厨房的垃圾桶，忍受了许久才找到真相，如今想来，不禁哑然失笑。我按下冲水键，金鱼在漩涡中盘旋两圈，仿佛在做最后的游弋，随后便消失得无影无踪。

女孩似乎对烹饪有着无尽的热情，她仿佛在努力弥补自从我入住以来这个厨房所承受的冷遇，向我展示着灶台上除了烧水和泡面之外的无限可能。冰箱里从曾经的啤酒独占到如今的琳琅满目，每一刻都能找到过去两天的剩余餐食与未来两个月的储备粮食。除了上课和宅在屋内，我几乎只能在厨房中见到她忙碌的身影，或是刚刚从市场满载而归的模样。我的生物钟被清晨的煎炒烹炸声和油烟声彻底打乱，若不及时起床，迎接我的便是洗碗的哗哗声。女孩从清晨便开始熬粥、煮银耳，中午是一顿丰盛的饭菜，下午则开始炖汤，晚上则是爆炒盛宴，一直持续到他们入睡。

由于厨房是开放式的，客厅对我来说已然失去了往日的宁静。谁能在后厨的喧嚣中若无其事地享受电视时光呢？于是，我在宜家选购了几张轻薄的针织毯子，将客厅里所有易积灰的家具一一遮盖起来。咖啡桌、沙发、边几，虽然我知道这并不能减少灰尘的滋生，反而可能因遮盖而更加积聚灰尘，但至少它们在我的视线中消失了，这对我来说，已是一种难得的慰藉。

女孩似乎并不满足于烹饪，又开始了在家熬制中药的历程。一包包同仁堂的中药在砂锅中从早到晚咕嘟作响，家中弥漫着一种古老而深沉的气息。有一天，我趁着在厨房泡茶的间隙，好奇地问她为何不买那种已经熬好的中药，既方便又快捷，同仁堂也有出售。她笑着回答，怕现成的会偷工减料，我一时语塞，只好端着茶默默回到房间。看来，同仁堂的招牌在她心中有着不可动摇的地位。

与阿泰的相聚大多数时间安排在周末。毕业典礼之后，我开始积极投身于求职的浪潮中，将阿泰的简历稍作修改，换上了自己的名字。然而，会计这门学科除了给我带来一张文凭之外，并未在我的职业生涯中留下太多实质性的印记。我对它的理解并不比天文学或化学更深，于是我几乎投递了所有能想到的职位：会计、审计、出纳、银行前台、外汇交易员、仓库货管，甚至人事部经理。然而，除了几家零售业的公司打来面试电话外，其余都石沉大海。阿泰一直在为我的工作操心，但他在公司也只是个新人，很多事情他也无能为力。我满怀热情与紧张地投递了一阵子简历，等待了一阵子电话，但效果并不显著，于是热情很快又归于平淡。

年初时，我花费了一百元办理了一张酒类服务执照，随后在一家酒类商店开始了我的工作生涯。与其说是主动争取，不如说是与一位相熟的店员闲聊时的意外收获。搬酒、点货、排货、售货、补货，以及检查每一位顾客的年龄，对已经醉醺醺的顾客坚决说"不"。五光十色的酒瓶里，装着浓度各异的液体，它们像是一个个等待着被释放的灵魂。虽然这份工作并非全职，薪水也并不多，但足以支撑我眼下的生活。

终有一日，房客深感日复一日地烹饪与用餐变得单调乏味，于是，一条出生不久的泰迪犬加入了他们的生活，却也让原本平静的日子掀起了波澜。这条名为"棉花团"的小家伙，拥有一身深棕色的柔软毛发，总是以它那令人啼笑皆非的小碎步四处奔跑，留下令人头疼的毛发与排泄物。每当我归家，总要先屏住呼吸，像侦探般在屋内四处探寻，那角落里的粪便总是能轻易地被我"捕获"。我无奈地对这团活泼过头的棉花团说："我可等不到你学会上厕所的那天。"说着，我轻轻抬腿，将它从我腿上荡开。然而，这无辜的小家伙并未察觉到我的不悦，反而以为我在与它嬉戏，又一次欢快地扑了上来。这一次，我稍微加大了力气，棉花团在空中翻滚了一圈，落地时发出了一声轻微的呜咽。我手持啤酒，步入屋内，心中暗自思量："我得想个办法让他们离开。"

解决方案在我的脑海中迅速成形。白天，在酒店工作的我，心中总是盘算着这件事。归家时，那对情侣正在客厅用餐，而棉花团则被关在屋内，发出阵阵呜咽。洗碗的水声响起，我适时地从屋内走出，向他们透露了一个"突发情况"：

"我妈下个月要来住三个月，原本计划年底才来，结果行程突然变了。"

效果立竿见影。情侣搬走的那周，我开始了新一轮的招租之旅。或许并非学生流动的旺季，询问者寥寥，整个周末仅有两对情侣前来。鉴于上次的不愉快经历，我婉言谢绝了他们的好意。周一，一个中年男子的电话让我眼前一亮，他连珠炮似的提出了一系列问题：附近是否有小学、客厅能否放置钢琴、能否容纳一家三口、房间内能否再加一张单人床……挂断电话后，我既感到疲惫又觉得好笑。简单估算了一下费用后，我做出了一个决定：退掉房子，独自寻找一个宁静的居所。

如果痛苦是应当逃避的，那么日子便如同流水般匆匆逝去，经不起细细品味。它似乎总是以某些事件为坐标，以情感为参照，突然终结又突然启程。因果之间，并无明确的界限；日子即便被颠倒，也依旧是日子。就像一碗美味的面条，上一口你还觉得葱花不够，下一口便觉得已经足够。搬家时，我舍弃了一些沉重而无用的行李，其中以学生时代的教科书为主，还有那满满一盒子的啤酒盖。在整理文件夹时，我意外发现了一张这个国家的地图。我清晰地记得，这是我初到这片大陆时，为了完成一篇社会科学论文而特意购买的。"那时的干劲，还真足啊。"我苦笑了一下，最终决定将这张地图保留下来，贴在新家的墙上。

逝去的日子总是如白驹过隙，而未来的日子则似乎永远遥不可及。我在酒店每周工作三十个小时，将各式各样的酒精排列得如同糖果般诱人。从前来买醉或已醉的人们手中接过钞票，我惊讶地发现，女性嗜酒者远比我想象中要多。流浪汉则总是偏爱同一种烈酒，而有些钞票，你甚至无须抬头便能感受到主人的拮据。我经手的最大一笔交易，竟来自一张假卡。我将酒和发票装进牛皮纸袋，递给他们时，总是微笑着祝福他们："祝你们有美好的一天。"

夜晚，我乘坐半小时的公交车回到那个二十平方米的小家。一室一卫，家具紧凑而温馨，仿佛都在等待着我的归来，一同老去。沙发等家具依旧蒙着浅咖啡色的薄毯，坐上去的感觉虽然与往常无异，但又仿佛置身于回忆之中。

一先给我寄来一张请帖。一张厚重的请帖穿越大洋，悄然降临在我的手中，令我倍感惊讶。并非因为好友即将步入婚姻的殿堂，而是这份请帖的厚重感，犹如一本精美的小册子，承载着满满的诚意与喜悦。封面采用烫金设计，内页则是他与未婚妻的合照，这是我第一次目睹这位女孩的风采。她肤色微黑，体态略显丰腴，一头新烫的大卷发，弯弯的眼眸中洋溢着笑容，透出一种善良且易于满足的气质。

与阿泰已有两三个月未曾相见，我们用电话"重逢"。他开口第一句话竟是询问我是否愿意加入他的工作行列。我略感诧异，追问之下得知他即将升职，但新岗位却在香港。面对这难得的机遇，我几乎没有犹豫便答应了。挂断电话后，我继续忙碌于搬酒的工作，内心却平静得有些乏味，对未来既期待又迷茫，仿佛活着时永远无法彻底领悟死亡的奥秘，一切因果都如雾里看花，模糊不清，没有明确的界限。

得益于内部介绍，原本烦琐的两轮面试被简化为一轮，且几乎形同虚设。第二次踏入公司大门时，仅在会议室简短交谈了一两分钟，我便被部门主管引领至阿泰的座位旁，开始了我的新工作之旅。工作内容并不复杂，只需重复操作，确保无误即可。我迅速掌握了技能，两三天便能独立操作，一周后便能轻松应对一整天的工作。与阿泰共事的两周里，我们一同上下班，坐在同一张桌前，面对同一台电脑，共进午餐。彼此的熟悉让我在新环境中减轻了许多压力，工作之余，我们更多的是在闲聊，仿佛回到了学生时代。

某次陪他外出抽烟时，我随口问道："你还会回来吗？"他摇了摇头，表示短时间内难以成行。我递上烟盒，他却婉拒了，说最近嗓子不适。我笑着打趣道："以后我们就是同事了，可以用公司软件聊天嘛。"他点了点头，随即提到未婚妻荔礼已经退掉了房子，准备搬过来住，不用的东西会卖掉。我好奇地问他们是否要分居两地，他解释说荔礼在香港读过书，非常喜欢那里，而且她也打算年底辞职去香港。我笑着夸他"挺有手段"，他却摆摆手说："哪里，都是因为她一直劝我，我才决定过来的。"

　　我们站在公司大楼第十二层的露天阳台上，这里是吸烟区，也是俯瞰城市的好地方。由于公司地处市中心商业区外圈，视野开阔，天气晴朗时可以看到很远的地方，城市在视线的尽头渐渐变成一抹灰色。我换了个话题："以后回台湾就方便了。"他却叹了口气："是啊，可是回不去。"我惊讶地问为什么，他解释道："回去要当兵。"尽管他已经拥有了这边的身份，但依然需要服兵役。我追问他是否以后就回不去了，他无奈地说："过了三十六岁就好了，我以前不是和你说过吗？"他吐着烟圈，任由大风将烟味吹散，不远处的帆布遮阳伞在风中呼呼作响，天上的云朵也被吹得四散而飞。

　　在公司共事的这两周，成了我们最后的相聚时光。星期五晚上下班后，我们与几位同事一起聚餐，过程短暂得让人几乎想不起吃了什么。阿泰没有喝酒，因为他要回家继续整理行李。星期六的下午，他踏上了前往香港的旅程，一天之后便在香港开始了新的工作，一切如此简单，仿佛只是换了一张办公桌而已。

无法离去

三个月前，我踏上了归国的旅程，只为参加好友一先的婚礼。彼时，我刚转正不久，年假仅有三天，加上周末的两天休息，我在上海逗留了四个夜晚。一先对我的到来十分高兴，但遗憾的是，繁忙的婚礼筹备让他分身乏术，我们未能有机会坐下来促膝长谈。婚礼规模适中，洋溢着温馨与喜悦。一先家的老爷子更是乐不可支，满场宾客都被他热情地招呼着，就连红酒也不慎洒在了他的白衬衫上，留下了一大片斑驳的痕迹。而我远在家乡的亲朋好友，对我的此次回国之行却一无所知。

大公司如同冬日里的暖阳，给予人一种沉稳而安心的感觉。然而，当一个人对这种安全感产生过度的依赖时，他的勇气与冒险精神也可能会在不经意间被消磨殆尽。在职业生涯的规划中，我仿佛看到了一条既定的道路：第五个年头成为经理助理，第十五个年头晋升为经理，第三十五个年头有望成为部门主管，直至第四十五个年头，带着一笔丰厚的奖金步入退休生活。而经年累月积攒下来的养老金，也足以支撑我度过退休后的悠长岁月。当然，这一切都是基于一切顺利的前提。倘若中途遭遇不测，不幸离世，那么在我离开后的第二天，这张办公桌前便会有一个新的生命接替我的位置，开始他全新的五年积累之旅。

如今，我的周围汇聚了众多的同事，他们或是我的上级，或是平级，甚至还有一些比我晚进公司的新面孔。每天，我都被包裹在一片嘈杂的声音之中，这声音复杂多变，机器持续的运转声构成了背景音，而人声则如同交响乐般此起彼伏，欢笑、喋喋不休、讨价还价等声音交织在一起，偶尔还会夹杂着些许埋怨与经过克制的愤怒。然而，这种声音却仿佛拥有一种魔力，能够让人暂时忘却孤独，而一旦孤独感被遗忘，痛苦也会随之减轻许多。

有时，我会选择自己带饭来公司，就像中学时代母亲为我准备的便当一样，不同的菜肴被精心地摆放在饭盒的两头。但不知为何，在公司里用餐总是让我感觉有些不自在，仿佛我一个人在行走，饭菜也变得越来越难以下咽，吃得越来越快。

公司里，每个人的办公桌下都配备了一个深灰色的铁柜，我也不例外。铁柜上插着钥匙，这是阿泰的习惯，因为里面存放的大多是一些无关紧要的东西，至少对于我们而言，并无太大的意义。而我的钥匙链上，则挂着一枚打了孔的透明骰子，它曾是我从铁柜上摘下的。除此之外，我还拥有一枚做成红绿灯模样的小瓶起子和一颗黄铜子弹，它们与骰子一同串在我的钥匙链上，成为我随身携带的小物件。

那天晚上，下班回家的路上，火车上挤满了人。我倚靠在车门旁，望着窗外暮色沉沉，树木与房屋在夜幕的掩映下化成了一道道飞速向后退去的黑影。不经意间，我发现遗忘似乎比残忍的背叛更具有持久的力量，它让我们得以在痛苦的回忆与无望的梦想之间喘息，并为那些渐行渐远的感触披上了一层诗意的美丽面纱。痛苦因麻木而变得不再那么尖锐，梦想则如同孩子眼中的彩虹，虽然遥不可及，却总能激发我们前行的动力。

在这样的时刻，我不禁想起了那位希腊老头，那个走起路来一高一低的矮胖身影。时光匆匆，不知他的探亲之行是否一切顺利，与老姐姐相处得是否融洽，回来后是否还继续着他那烤鸡的生意。假如一切如他当初所言，那么他此刻应该正生活在离我不远的地方，享受着属于他的平凡生活。假如他还健在的话，我衷心祝愿他一切安好。